KB137398

두 사촌 귀족

한국셰익스피어학회 작품총서 012

두 사촌 귀족 The Two Noble Kinsmen

윌리엄 셰익스피어 지음
남장현 옮김

도서출판 동인

발간사

지금까지 셰익스피어 작품에 대한 번역은 끊임없이 다양한 동기에 의해 진행되어 왔다. 초창기 셰익스피어 작품 번역은 일본어 번역을 우리말로 옮기는 작업이었다. 일본이 서구에 대한 수용을 활발한 번역을 통해서 시도하였기 때문에 일본어를 공부한 한국 학자들이 번역을 하는데 용이했던 까닭이었다. 하지만 이 경우는 문학적인 차원에서 서구 문학의 상징적 존재인 셰익스피어를 문학적으로 소개하는 것이 목적이어서 문어체를 바탕으로 문장의 내포된 의미를 부연하게 되어 매우 복잡하고 부자연스러운 번역이 주조를 이루었던 것이 문제가 되었다.

그 다음 세대로서 영어에 능숙한 학자들이나 번역가들이 셰익스피어 번역에 참여하게 되었다. 셰익스피어 작품에 대한 수많은 주(note)를 참조하여 문학적 이해와 해석을 곁들인 번역은 작품의 깊이를 파악하는데 많은 도움이 되었다고 볼 수 있다. 하지만 셰익스피어 작품을 무대에 올리는 배우들에게는 또 다른 문제가 생길 수밖에 없었다. 문학적 해석을 번역에 수용하는 문장은 구어체적인 생동감을 느낄 수 없었고, 호흡이 너무 길어 배우가 대사로 처리하기에 부적합하였다.

이런 문제점을 해결하기 위해서 번역가마다 각자 특별한 효과를 내도록 원서에서 느낄 수 있는 운율적 실험을 실시하기도 하였다. 그런 시도는 셰익스피어 번역에 새로운 분위기를 자아내었을 뿐 아니라 다양한 번역이 이루어져 나름의 의미가 있었다고 본다. 반면에 우리말을 영어식의 운율에 맞추는 식의 인위적 효과를 위해서 실험하는 것은 배우들이 대사 처리하기에 또 다른 부자연성을 느끼게 하였다.

한국에서 셰익스피어를 연구하는 학자들이 모이는 한국셰익스피어학회에서 셰익스피어 탄생 450주년을 기념하여 셰익스피어 전작에 대한 새로운 번역을 시도하기로 하였다. 우선 이번 번역은 셰익스피어 원서를 수준 높게 이해하는 학자들이 배우들의 무대 언어에 알맞은 번역을 한다는 점에서 차별성을 두고자 한다. 또한 신세대 학자들이 대거 참여하여 우리말을 현대적 감각에 맞게 구사하여 번역을 하자는 원칙을 정하였다.

시대가 바뀔 때마다 독자들의 언어가 달라지고 이에 부응하는 번역이 나와야 한다고 본다. 무대 위의 배우들과 현대 독자들의 언어감각에 맞는 번역이란 두 마리 토끼를 잡는 것은 그리 쉬운 일은 아니지만 매우 의미 있는 일일 것이다. 이번 한국 셰익스피어 학회가 공인하는 셰익스피어 전작 번역이 성공적으로 이루어지도록 뒷받침하는 도서출판 동인의 이성모 사장에게 심심한 감사의 뜻을 전하며 인문학의 부재의 시대에 새로운 인문학의 부활을 이루어내는 계기가 되리라 믿는다.

2014년 3월

한국셰익스피어학회 17대 회장 박정근

옮긴이의 글

『두 사촌 귀족』(*The Two Noble Kinsmen*), 이 작품이 우리나라에서 꼼꼼히 읽혀지거나 논의된 적이 있을까? 사실상 셰익스피어 작품 중에 현존하는 최후의 작품으로 이 작품은 오랜 세월동안 많은 관심을 받지 못하고 등한시되어 왔다. 셰익스피어의 4대 비극도 아니고, 대중들의 인기를 얻는 희극도 아니고, 많은 문제를 제기하는 문제극도 아닌 까닭에 이 작품은 더 관심의 대상에서 멀어졌을 수 있다. 미비하게나마 존재하는 학계의 관심도 주로 플레처와의 공동 작업, 초서의 「기사 이야기」와의 연관성, 그리고 작품이 내재한 장르상의 문제에 천착해왔다.

이렇게 잘 알려지지 않은 셰익스피어의 작품을 번역한다는 것은 상당히 겁나는 일이었다. 그래서 작품 번역을 착수하기 전에 먼저 여러 번 작품을 읽고, 다양한 문헌과 연구 자료를 찾아 작품에 대한 이해를 높여야 했다. 그나마 20세기 후반부터 페미니즘이나 문화유물론적인 셰익스피어 연구 방법론의 대두로 이 작품에 대한 비평이 지속적으로 이루어져 사전 작품 이해에 많은 도움을 주었다. 번역을 시작하면서 의존할 수 있는 유일한 자료는 다양한 판본들의 편집자들이 친절하게 달아 놓은 주석과 각주, 그리고 해설들이었다.

참고한 판본들은 아든(The Arden)판, 뉴 캠브리지(The New Cambridge), 옥스퍼드(The Oxford), 그리고 옥스퍼드를 바탕으로 한 노튼(The Norton)판이었다. 때때로 판본마다 다른 주석과 해설을 달아 놓은 경우, 필자의 이해를 바탕으로 최선의 해석을 따르려고 노력하였다.

더불어 번역에 어려움을 주는 표현들이나 문장은 독자들이 받아들이기에 자연스러운 문장으로 바꾸었으며, 이 과정에서도 각주나 해설들은 많은 도움이 되었다. 그러나 위의 판본들처럼 세밀한 주석이나 해설을 제공하는 것은 학문적인 관심을 지닌 독자에게는 도움이 되겠지만 일반 독자나 공연을 준비하는 독자들에게는 오히려 가독성을 저해하는 요인이 될 수 있다. 따라서 이 번역에서는 특별히 단어나 구절들의 문화적, 역사적 이해에 도움을 주기 위한 경우를 제외하고는 주석을 삼갔다.

『두 사촌 귀족』을 번역하는데 있어 두 번째 어려움은 다른 셰익스피어 작품들과 달리 국내의 기존 번역서가 거의 없다는 점이다. 신정옥 선생님이 2009년 전예원에서 단행본으로 출간하셨고, 이상섭 선생님이 2008년 문학과지성사에서 『셰익스피어 로맨스 희곡 전집』이라는 제목 하에 5편의 셰익스피어 후기 로맨스들을 번역하면서 이 작품을 포함시켰다. 이 두 기존 번역서들은 일단 작품을 번역하고 난 뒤 오역의 가능성이나 표현의 자연스러움, 그리고 최적의 단어나 구절을 사용하고 있는지를 검토하는데 많은 도움이 되었다. 애초에 공연용 대본으로 번역을 착수한 것이지만, 정확한 해석을 바탕으로 한 자연스러운 번역이 궁극적인 목적이었고, 위의 역서들은 이런 목표를 그나마 달성하고 번역의 완성도를 높여주는데 도움이 되었다.

번역을 제 2의 창작이라고 말하듯이, 셰익스피어의 작품을 번역하는 것은 많은 상상력과 문학적인 감수성, 그리고 언어에 대한 미려한 능력을 겸비해야만 가능한 작업임을 다시 한 번 깨달았다. 영어뿐만 아니라 우리나라 말의 한없는 감칠맛까지 느끼고 활용할 수 있는 능력이 좋은 번역의 밑거름이며, 내 자신의 능력이 그에 미치지 못하고 아직도 많은 부분 노력을 기울여야 함을 뼈저리게 느끼게 된 계기였다. 셰익스피어 학회의 공연본 번역 기획에 따라 역자는 학회의 기획 의도에 충실하고자 노력을 하였으며, 셰익스피어의 약강 5보격의 운문체를 가능한 한 우리나라 말의 4-4조, 혹은 4-3조의 어투에 맞추어 번역을 하려고 노력하였다.

『두 사촌 귀족』을 번역하게 된 것이 우연이었고 역자가 스스로 선택한 작품은 아니었지만, 번역을 하면서 뿐만 아니라 작품을 읽으면서 다양한 인물들과 인간의 한계성에 너무나 깊은 관심이 생긴 작품이었다. 그로 인해 번역 작업은 고되고 힘들었지만 많은 생각의 날개를 펴고 후속 연구의 주제들을 발전시키는데 아주 좋은 시간이 되었다. 그런 면에서 셰익스피어 전작품을 공연본으로 번역하고자 기획한 셰익스피어 학회에 감사를 드리며, 기꺼이 출간에 동의한 동인출판사에 한없는 감사를 표현하며, 이 번역서가 문학의 즐거움을 누군가에게 제공하고 삶을 한번 돌아볼 기회를 제공한다면 더할 나위 없이 기쁘리라 생각한다.

2015년 7월

남장현

| 차례 |

등장인물

서곡
소년 서곡의 가수
테시우스 아테네 공국의 공작
피리서스 테시우스의 친구이자 아테네의 장군
히폴리타 아마존의 여왕이며 테시우스의 신부
에밀리아 히폴리타의 여동생
팔라몬 테베의 왕 크레온의 조카
아시테 테베의 왕 크레온의 조카
발레리어스 테베의 시민이며 팔라몬과 아시테의 친구
아르테시어스 아테네의 무관
기사들
세 명의 왕비 테베의 죽은 왕들의 미망인
간수 아테네 감옥의 간수
간수의 친구들
간수의 형
간수의 딸
구혼자 간수의 딸에 대한 구혼자
시골사내들
바비언
선생 제랄드
북재비
넬
전령
하인
기사
에필로그
사형집행인
시녀, 시종들, 관리들, 궁정 대신들

서곡

나팔 소리와 함께 서곡 등장.

서곡 새 연극과 처녀란 너무 비슷하죠.
평도 좋고 잘나면 많은 사람이 따르고
돈도 많이 생기죠. 좋은 연극이란
결혼 첫날 정조를 잃을까 떨고,
정숙한 장면에도 얼굴을 붉히며,
신성한 혼약과 첫날밤의 흥분 뒤에도
여전히 정숙하고, 신랑과의 아픔을 겪어도
처녀 같은 몸가짐을 지닌 여인 같죠.
저희 연극도 그러길 기도하죠.
분명 이 작품을 낳은 고귀한 분이 있고,
포우 강과 트렌트 강 사이에 이분보다
더 순결하며 학식 있고 유명한 시인은 없지요.
누구나 존경하는 초서가 이야기를 낳았으니,
불멸의 작품으로 영원할 거예요.
저희가 그 고귀함에 흠집을 내어
그 후손으로 처음 듣는 소리가 야유라면
그 위대한 시인이 지하에서 얼마나
몸서리치며 울까요. "오, 내 명성에 먹칠하고

내 걸작을 로빈 후드보다 가볍게
만들어버린 이 우매한 작가의 쓰레기를
내게서 날려 보내주오." 저희 걱정이 이러니,
솔직히 말해, 그 분처럼 되려는 열망은
부질없는 짓이며 과분한 야심이겠죠.
저희야 그저 나약하고 깊은 물속에서
숨도 못 쉬며 허우적거리는 존재죠.
단지 여러분이 도움의 손을 뻗어주시면
방향타를 잘 잡아 스스로를 구할 무언가를
할 수 있을 겁니다. 많은 장면이 그 분의 예술에
못 미쳐도 두 시간의 산고가 헛되지 않았다고
얘기하겠죠. 그 분의 유해에 단잠이,
여러분에게는 흡족함이 극이 따분한 시간을
못 덜어주면 큰 상실에 빠져 물러나야겠지요.

(퇴장)

1막

1장

음악소리. 불타는 횃불을 들고 결혼의 신 히멘 등장. 그 앞에 흰 예복을 입은 소년 노래하고 꽃을 뿌린다. 히멘 뒤에 밀 화환을 들고 긴 머리를 틀은 요정 등장. 그리고 머리에 밀 화관을 쓴 두 요정 사이에 테시우스 등장. 신부 히폴리타가 피리서스에 머리에 화관을 쓰고 땋은 머리를 늘어뜨린 다른 요정에 이끌려 등장. 그녀 뒤로 에밀리아가 시종을 데리고 등장. 이어 아르테시어스와 다른 사람들 등장.

서곡 (행렬동안 노래하며)

날카로운 가시를 뺀 장미는
향기뿐만 아니라 색깔마저
위엄이 넘치네.
향기가 은은한 패랭이꽃들,
향기는 적지만 미묘한 데이지,
달콤하며 진실한 백향초,

봄의 첫 애인 달맞이꽃,
여린 초롱꽃과 함께
즐거운 봄날의 선구자,
요람에서 자라는 키다리 앵초와
임종의 자리에 흐드러진 매리골드,
단정한 종달새 뒤꿈치 꽃,

모두 소중한 자연의 예쁜 아이들,
신랑 신부의 발 앞에 뿌려져,

꽃을 뿌린다.

향기로 축복하네.
감미로운 노래와 멋진
공중의 길조 엔젤,
빠지지 않고 자리했네.

갈가마귀, 입 사나운 뻐꾸기,
불길한 까마귀와 붉은 부리 까마귀,
수다스런 까치마저
초례청에 앉지도 노래도 않고,
괜한 불화가 찾아올까
자리를 떠 날아가죠.

검은 상복을 입은 세 명의 왕비가 검게 물들인 베일과 황족의 관을 쓰고 등장한다.
첫째 왕비가 테시우스 앞에 엎드리고, 둘째 왕비는 히폴리타 발치에 그리고 셋째는 에밀리아 앞에 부복한다.

첫째 왕비 (테시우스에게) 진정 어진 마음으로 불쌍히 여겨
제 말에 귀 기울여주세요.

둘째 왕비 (히폴리타에게) 어머닐 위해서라도,
훌륭한 애기로 배부르길 바란다면

제 말에 귀 기울여주세요.

셋째 왕비 (에밀리아에게) 주피터께서[1] 잠자리의 배필로 점지해준
그분의 사랑을 위해, 그리고 정결한 순결을 위해,
저희 고통의 대변인이 되어주세요.
이 선행은 모든 행실을 적어두는
저승 명부에서 그대를 구해주리니.

테시우스 애처로운 여인네여, 일어서시오.

히폴리타 일어나시오.

에밀리아 제게 무릎을 꿇지 마시고요.
곤경에 빠진 여인이면 누구든지 돕는 건
마땅히 할 일이지요.

(왕비들 일어난다.)

테시우스 그대들의 청이 무엇인가? 있는 대로
다 말해보시오.

첫째 왕비 (무릎을 꿇으며) 저희는 무자비한 크레온의
분노 앞에 통치자들을 잃은 세 왕비입니다. 그들은
테베의 험한 들판에서 갈가마귀 부리와
솔개 발톱과 쪼아대는 까마귀들을 모두 견디었죠.
크레온은 그들의 뼈를 화장한 재를 단지에 모시는 것조차
허락지 않고, 신성한 피비의[2] 축복받은 눈에서
죽어 흉측해진 그들의 시신을 거두는 것조차

1. 그리스 신화의 제우스에 해당하는 최대의 로마의 신으로 천둥과 하늘의 신이다.
2. 태양의 신.

용인하지 않으니, 살해된 저희 군주들의 악취가
바람을 물들일 뿐입니다. 오, 지상을 정화하는
공작님, 불쌍히 여겨, 당신의 무서운 칼을 뽑아
세상의 좋은 일에 써주세요. 죽은 왕들의 뼈를
찾아 제를 지낼 수 있도록 해주세요.
그리하여 공작님의 무한한 선의에서 사자와 곰
그리고 세상 만물을 덮고 있는 하늘 말고는
우리 왕들의 머리를 덮어줄 것이 하나도
없다는 걸 굽어 살펴주소서!

테시우스 부탁하건대, 무릎은 꿇지 마시오.
그대의 말에 넋을 잃어 무릎이 아프도록
꿇어 앉아있게 두었구려. 죽은 군주의 소식을
듣자마자 바로 나도 그대들을 위해
응징과 복수심이 생길 정도로 마음이 아프다오.
캐퍼니우스 왕이[3] 그대의 군주이지. 지금 나처럼
그대와 혼인하기로 한 그 날 그 때,
그대의 신랑으로 군신 마스의 제단에서
만났었지. 그때 그대는 고왔고,
쥬노의 외투도[4] 그대의 머릿결보다 더 아름답고
풍성하게 그대를 감싸지 못했지. 밀 화환은

3. 그리스 신화에서 오이디푸스 왕의 장남인 폴리네이세스 편에서 테베와 싸운 장군 중의 한 사람.

4. 호머의 『일리아드』에서 제우스를 속이기 위해 헤라가 입었던 외투.

낱알도 털지 않아 전혀 시들지 않았지. 운명의 여신도
그댈 보고 미소 지며 볼에 보조개를 피웠지. 친척
헤라클레스도－그땐 그대 눈보다 약해서－곤봉을 내리고
네미안의 사자 가죽 위에[5] 부복하며
힘줄들마저 녹아내린다고 단언했지. 오, 무섭게 갉아먹는
슬픔과 세월이 모든 것을 삼키려는 구나.

첫째 왕비 오, 바라건대 천지신명께서,
사내다운 마음에 자비심을 주었듯이,
그 곳에 용맹함을 불어넣어 저희 일을 맡도록
재촉해주오.

테시우스 오, 어느 누구도 더는 무릎을 꿇지 마시오.
투구를 쓴 벨로나의 여신[6] 앞에 엎드려
그대들의 전사인 나를 위해 기도해주오－
골치가 아프구나. (돌아선다.)

둘째 왕비 (무릎 꿇으며) 영예로운 히폴리타님,
낫 같은 송곳니를 지닌 멧돼지를 물리친
너무도 무서운 아마존의 여인이여,[7] 희면서도
강한 당신의 팔로 충분히 뭇 남성들을
포로로 만들 수 있었지만, 태생부터
하늘이 점지해 준대로 존경받게

---

5. 헤라클레스가 죽인 네미안의 사자.
6. 로마 전쟁의 여신으로 무장을 하고 있다.
7. 히폴리타는 아마존의 여인으로 전사이다.

태어난 바로 이분, 넘치던 그대의 힘과
애정을 다스리는 이 어르신의 품에 안겨,
연민으로 엄한 마음을 다스릴 줄 아는
여전사여, 제가 알기로 어르신이
그대에게 행하는 것보다 더 큰 힘을
행하시고, 사랑과 힘을 모두 거머쥐고,
당신의 뜻을 따르는 하인으로 만들었으니,
여인들의 귀감으로 그분께 청해주시오.
타오르는 전화에 그을린 우리가
그분의 칼날 아래서 화기를 식힐 수 있도록
어르신께 청해주세요. 머리 위로 칼을 뻗어주도록
여인네의 어조로, 우리 세 명과 같이 여인네가 되어
일을 그르치지 말고 읍소해주세요.
우리를 위해 무릎을 꿇어주세요.
비둘기 머리가 뜯길 때처럼 짧은 동작에
한 순간이라도 우리를 위해 무릎을 꿇어주세요;
그분이 피로 끈적이는 들판에서 태양에 이를 드러내고
달을 조소하며 부풀어 누워있다면 당신이 어찌할지
말해주세요.

히폴리타 불쌍한 여인이여, 그만 하시오.
나도 결혼하기보다 그대들과 함께 선한 일을
추구하고 싶어요. 이제껏 어떤 길도 이렇게 선뜻
나서본 적이 없어요. 저희 어르신께서 그대들의

고통에 마음깊이 애통해하시니, 생각할 시간을 주세요.
저도 얘기해볼게요.

(둘째 왕비 일어선다.)

셋째 왕비 (무릎을 꿇고) 오, 나의 청이
얼음 속에 갇혀있었는데, 이제 녹아 뜨거운 슬픔으로
방울방울 녹아내리는 군요. 그 슬픔이 형체도 없었는데,
깊고 깊은 내용으로 꽉 차오르는군요.

에밀리아 제발 일어나세요.
그대의 슬픔이 뺨에 쓰여 있군요.

셋째 왕비 오 고통이여,
제 뺨에서 슬픔을 읽어낼 순 없지요. 눈물로 인해
유리 같은 냇물 속 주름진 돌처럼
슬픔을 볼 수 있지요. 아가씨, 오, 아가씨,
지구의 온갖 보물을 찾으려는 사람은
그 속을 알아야지요. 가장 작은 송사리를
잡으려는 사람도 맘속에 있는 걸 잡으려고
낚싯줄을 드리워야지요. 오, 용서하세요.
쓸데없는 재치를 키워주는 극한 상황들로
바보가 되고 말았군요.

에밀리아 제발 아무 말 마세요, 제발.
비를 보고 느낄 수 없는 사람은 비를 맞아도
젖는지 마르는지 모르거든요. 만약 그대가
어떤 화가의 교본 그림이라면 그대를 사서

커다란 슬픔을 이겨내는 지침서로 쓰겠어요.
진정 마음을 움직이는 교본으로요. 하지만 어찌할까요?
우리야 날 때부터 여자로서 자매이니
그대 슬픔은 심히 제 가슴 치게 만들고,
제 형부의 마음에도 반향을 일으켜,
돌로 이루어졌더라도 동정심이 생겨
따뜻해질 거예요. 부디 맘을 놓으세요.

테시우스 신전으로 앞장서시오. 신성한 혼례에 필요한
어느 것 하나 빼놓지 말고.

첫째 왕비 오, 이 혼례는
저희 탄원자들의 전쟁보다 더 호사스러우며
오랫동안 계속되겠지요. 세상 사람들의 귀에
당신 명성이 울려 퍼질 걸 기억하오. 속히 처리한다고
급하게 해치우는 건 아니죠. 당신이 처음 다짐한 생각이
다른 사람들의 공들인 숙고보다 낫고, 당신의 의도가
그들의 행동을 능가하죠. 하지만, 오 죠브신이여,
그대의 행동은 물수리가 고기를 잡을 때처럼 빨라
닿기도 전에 제압을 하죠. 공작님, 통촉해 주소서.
우리 죽은 왕들이 지금 누워있는 곳을 생각해주세요.

둘째 왕비 소중한 우리 주군들이 누울
자리도 없다는 건 얼마나 슬픈 일인지요.

셋째 왕비 죽어 마땅한 사람은 없지요.
이 세상의 빛에 지쳐, 밧줄과 칼로,

그리고 독을 마셔서, 스스로 죽음의 사자가 된
자들에게도 인간적인 자비심으로 흙과 그늘진 자리를
마련해주는데.

첫째 왕비 우리 주군들은
떠오르는 태양 아래 물집이 잡힌 채 널브러져 있지요.
살아서는 좋은 임금님이셨는데.

테시우스 옳은 말씀입니다. 제가 돌아가신 주군들께
무덤을 만들어주어 그대들을 위로하겠소.
일을 처리하려면 크레온과 한 판 전쟁을 치러야겠군.

첫째 왕비 그 일을 즉시 행동으로 옮겨야하지요.
이제 쇠는 달구어져 모양을 갖췄으나,
내일 식은 뒤에야 쇠를 달구는데 쓴 땀들이
대가를 받겠지요. 이제 그 자는 안전하다 생각하여
우리가 용맹스런 공작님 앞에서
눈에 맺힌 신성한 간청의 눈물을 닦으며
청원의 뜻을 밝히는 건 꿈도 못 꿀 겁니다.

둘째 왕비 이제 승리에 취해 있는
그자를 때려잡을 수 있사오니.

셋째 왕비 그리고 그의 군사는
빵과 음탕함으로 가득 차 있으니.

테시우스 아르테시어스, 이 출정에 맞춰
진군에 가장 뛰어난 군사와 임무를 수행할
군사들을 어떻게 모을지 가장 잘 알고 있으니

어서 가서 우리가 지닌 최고의 군사를 모아 주시오.
우리의 목숨을 이 위대한 임무에 바치고
타고난 운명을 용감무쌍한 행위에
바치기 위해 말이오.

첫째 왕비 홀로된 여인들아, 서로 손 잡고,
고통에서도 벗어나도록 하자. 지체할수록
우리 희망은 굶주림에 빠질 테니.

모든 왕비 안녕히 계세요.

둘째 왕비 무작정 찾아왔지만, 슬픔이
아파본적 없는 이성처럼 최상의 탄원을 위한
최적의 시간을 고를 수가 있을까요?

테시우스 오, 착한 여인네들이여,
이 일은 내가 이루려는 어떤 일보다
중차대한 임무고, 이전에 이뤘거나
후에 처리할 수 있는 어떤 일보다
더 큰 의미가 있소.

첫째 왕비 회의에서
주피터마저 빼낼 수 있는 여인의 팔이
그대를 안아 품을 때는, 내놓고 말할수록
청은 무시되기 마련이죠. 오, 그녀의 체리 같은
입술이 그대의 탐스런 입에 달콤하게 맞출 때,
썩어가는 왕들과 눈물로 푸석한 왕비들을
어찌 생각할 수 있을까요? 아무 느낌도 없는 것을

보살필 수 있을까요? 군신 마르스를 흔들어 북칠만큼
어찌 느끼게 할까요? 오, 하룻밤만이라도
그녀를 품으면, 그대에게 일각이 백 시간처럼
볼모로 잡게 되고, 축연에서 받은 명 말고는
어느 것도 기억 못하겠지요.

히폴리타 당신이 기쁨에 들떠
어찌할 바 모르는 것도 아니나 이런 청을
드리는 것이 너무도 죄스럽군요. 하지만
더 깊은 갈망만을 낳을 첫날밤의 기쁨을
자제한다고 해서 곧바로 치료책을 찾아야할
엄청난 그리움을 채워주진 못할 테이고, 만일 그러면
모든 여인의 추문이 내게 떨어지겠죠.

(무릎을 꿇으며)

나으리,
전 여기 남아 기도를 드릴 터이니,
뭔가 효험이 있을 만한 일을 하거나 아니면
아예 영원히 입 다물고 있으면서,
우리 혼례를 잠시 미루고 당신 가슴에
방패를 달아 줄게요. 제 것이지만
자유로이 이 불쌍한 여인들을 위하여
빌려준 당신 목에.

모든 왕비 (에밀리아에게) 도와주소서!
우리의 청은 당신의 도움이 필요합니다.

에밀리아 (무릎을 꿇으며) 이렇게 애절한
제 누이의 호소를 들어주지 않으시면,
특히 이렇게 타고난 선한 마음에
지체 없이 청하는 호소를 안 들어주시면,
전 이 자리에서 나리께 어떤 것도 청하지 않고
어느 누구도 남편으로 맞지 않을 거예요.

테시우스 부디 일어서시오.
내 기꺼이 그대들이 무릎 꿇고 청하는 바를
선 듯 할 터이니.

(그들 일어선다.)

피리서스,
신부를 인도하시오. 그리고 가서 신들에게
성공하고 돌아오길 기도해주오.
결혼 준비는 하나도 빼지 말고. 왕비들이여,
그대 병사들을 따라가시오. (아르테시어스에게) 말한 대로,
그대는 어서 가서 모을 수 있는 모든 병력을 모아
아우리스 강으로 오시오. 그곳에서 우리도
더 중차대한 일로 모인 일군의 군사를
이끌고 만나리다. (아르테시어스 퇴장)

할 일이 다급해서,
당장 당신의 입술에 입을 맞추니,
여보, 이 입맞춤을 정표로 삼으시오.
어서 앞서시오. 내 그대 가는 걸 보리다.

안녕, 내 아름다운 처제. 피리서스,
성대히 잔치를 하고 한 시도 아끼지 마시오.

피리서스 공작님,
저도 곧 따라가겠습니다. 결혼의 성스러움은
나리가 돌아올 때까지 접어 두고요.

테시우스 형제여, 내 명하거늘
아테네에서 꿈쩍도 하지 마시오. 우리는 그대가
혼인 잔치를 마치기도 전에 돌아올 터이니, 그 일에 대해
부탁하건대, 한 치도 소홀히 말고. 한 번 더 잘 있으시오.

(신전으로 모두 퇴장한다. 테시우스와 왕비들만 남는다.)

첫째 왕비 세상 사람들의 말이 맞는다는 걸 몸소 보여주시는 군요.

둘째 왕비 군신 마르스에 견줄만한 신이 되시리라.

셋째 왕비 그보다 낫지 않다면, 그건
어쩔 수 없이 인간으로 신과 같은 명예에
마음을 둔 까닭이겠죠. 사람들이 말하길, 신들도
명예를 좇는 마음을 어찌하지 못한다지요.

테시우스 우리야 인간이니,
그럴 수밖에 없지요. 감정에 휘둘리면
우리는 인간이란 이름도 잃지요. 여러분 힘을 냅시다.
이제 우리가 그대를 돕기 위해 나섰으니.

(나팔 소리와 함께 퇴장)

2장

팔라몬과 아시테 등장.

아시테 사랑하는 팔라몬, 피보다 정으로 더 진한
최고의 사촌. 아직 본능의 죄로
무뎌지지 않은 팔라몬, 이 도시 테베를
떠나자. 젊음의 빛이 도시의 유혹으로
더럽혀지지 않게.
여기서 절제하며 살아도 방탕한 삶처럼
수치스런 일이지. 물살의 도움 없이
수영을 하다가는 빠져 죽을 수도 있지.
헛수고로 고생하며, 세류를 좇다 보면
결국 소용돌이에 휘말려 되돌아오거나
빠져 죽지. 애쓴 보람이 있다 해도
얻는 거라곤 고작 목숨과 병든 몸이지.

팔라몬 네 훌륭한 충고는
상당히 일리가 있군. 학교를 다닐 때부터
테베를 걸으면서 얼마나 기이한 몰골들을 보았던지!
부귀와 명예를 얻고자 담대한 뜻을 세웠던
군신의 무리들도 얻은 거라곤 상처와
헤진 옷뿐이었지. 전쟁에 이겨도 얻는 게 없고,

쟁취한 화평을 즐기다 보니 군신의 제단에
공물을 바치는 사람도 없잖아?
그런 사람을 만나면 동정심을 느끼며,
위대한 여신 주노께서[8] 예전의 시샘을
발동하여 군인들이 종군하도록 기도하지.
평화가 방종을 정리하고, 어진 마음을
되찾을 수 있게 말이야. 지금은 분쟁이나
전쟁보다 더 거칠고 못되었으니.

아시테 틀린 말이 아니군.
너는 테베의 구불구불한 골목에서 군인들 말고
망가진 다른 자들을 본 적이 없냐? 각양각색의
쇠망한 모습을 본 듯이 말을 꺼내더니,
멸시당하는 군인 말고 동정심을 자극하는
다른 이들을 본 적이 없는가?

팔라몬 물론, 딱한 자들을 볼 때마다
동정심을 느끼지만, 명예로운 임무로
땀을 흘린 자들이 얼음같이 냉랭한
대접을 받으면 정말 불쌍하기 짝이 없지.

아시테 얘길 꺼낸 이유는
그게 아니야. 내 말은 테베에서 인정을 못 받는

---

8. 로마의 여신으로 그리스 신화의 헤라에 해당하는 주노는 파리스가 비너스를 가장 아름다운 여인으로 뽑은 것에 질투심을 느껴 트로이의 전쟁을 발발하도록 서로 적의를 느끼게 만들었다.

미덕에 대한 거지. 말이 나왔으니 말이지,
우리가 명예를 지키려면 여기 사는 것이
얼마나 위험하냐는 거야. 테베에선 온갖 악이
다 번지르르해 보이고, 겉으론 좋아 보여도
꽤나 사악한 것뿐이지. 게다가 테베 사람들과
똑같이 굴지 않으면 바로 이방인이 되고,
그렇게 살면 완전히 괴물이 될 수밖에 없지.

팔라몬 원숭이를
닮을까봐 두렵지 않다면, 스스로 우리 행동의
주인이 될 수 있잖아. 신념이 있으면,
그렇게 전염성도 없는데 뭣 때문에 다른 이들의
발걸음을 흉내 낼 필요가 있어? 내 말투로도
충분히 진솔하게 말하고 욕도 안 먹는데,
왜 다른 사람의 말투를 따르는 거지?
왜 내가 무슨 납득할만한 이유로
양복쟁이 말에 휘둘리는 사람들을
따라 입는 거야? 너무 그러니 양복쟁이가
그들을 쫓아다니는 판이잖아. 아니면 나도 좀 알자.
왜 내 이발사가 운이 나빠, 그 때문에
유행하는 스타일로 면도가 안 됐다고
내 턱마저 재수가 없는 거냐고? 허리춤에
찬 칼을 빼서 달랑 들고 다녀야 한다는
규칙이라도 있어? 진창길도 아닌데

발끝으로 걸으라는 법이 있어? 한 무리
말 중에서 앞선 말이 되든지 꽁무니나 쫓는
별 볼 일 없는 말이 돼야겠지. 처량하고 쓸데없는
이런 통증에 대단한 약초가 필요한 건 아니지.
내 가슴 정곡까지 찌르는 이 고통이—

아시테 크레온 삼촌 때문이지

팔라몬 그분은
정말 막무가내 폭군이야. 성공하니
하늘 무서운 줄 모르고 권력이 안 미치는 건
하나도 없다고 믿으며 악행을 일삼지.
신앙은 열병에 걸린 듯 약해지고
입에 발린 운수놀음만 빼고 다 무시하지.
다른 이들이 이룬 공적을 자신의 배짱과
행동의 덕으로 여기며, 신하들이 일해 얻은 것을
빼앗아 자신의 영광으로 돌리지.
해악을 서슴없이 저지르고 선행은 안 베풀지.
내 몸에 흐르는 그의 피를 거머리가
다 빨아 먹으면 좋으련만. 부패한 이 피로
배가 터져 나자빠지면 좋으련만.

아시테 성정이 고결한 사촌,
궁정을 떠나 이 커다란 치욕에 한 치라도
발을 들이지 말자. 우유는 먹는 풀 맛을
내기 마련이니, 사악해지거나 거역을 해야겠지,

그처럼 굴지 않으면 품행만이라도 친척이
아닐 수 있지.

팔라몬 정말 맞는 말이야.
그의 수치의 메아리로 하늘의 정의도 귀가
먹은 것 같아. 과부들의 원성이 다시
목구멍으로 잦아들고 응당히 들어줄 것을
신에게조차 빌지 못하지.

발레리어스 등장.

발레리어스.

발레리어스 왕께서 부르십니다. 하지만 왕의 격노가
사그라질 때까지 뜸을 드렸다 가세요.
태양신 아폴로가 채찍을 꺾고 마차의 말들에
호통 칠 때도 왕의 격노한 목소리에 비하면
속삭임에 불과할 걸요.

팔라몬 잔바람이 그를 흔들어 대는군.
뭐가 문제란 말이냐?

발레리어스 성이 나면 사람을 오싹하게
만드는 테시우스 때문이죠. 크레온에게
도전하며 테베를 멸망시키겠다고 호언장담하며,
성난 위협을 실현하려 가까이 진군하고 있죠.

아시테 올 테면 오라지.
그가 신의 뜻을 실행하는 것이 아니라면

조금도 두렵지 않아. 하지만 남자가
자신이 하려는 일이 가치 없는 것을 알면
—우리처럼 말이야—맥이 한 반에 반쯤
빠지지.

팔라몬 그런 건 생각하지 말고.
우리는 크레온이 아니라 테베를
섬겨야하지. 크레온에게 중립을 취하면
불명예이고, 반대하면 역적질이지.
그러니 운명의 뜻에 따라 그와 함께 해야지.
최후의 순간을 운명이 정해놓았으니.

아시테 어쩔 수 없지.
당장 전쟁이 벌어진대? 아니면 조건을 거절하면
쳐들어오는 건가?

발레리어스 이미 진행 중이죠.
선전포고와 함께 그렇다는 상황보고가
전해졌죠.

팔라몬 왕에게 가보자. 왕께서
적장이 지닌 명예의 반에 반만이라도
가졌다면, 우리가 바치려는 피는
건강에도 득이 되겠지. 단순한 낭비가
아니라 이로운 투자겠지. 하지만 젠장,
마음 없이 손만 앞선다면, 칼을 휘두른들
무엇하나 무찌르겠어?

아시테 결코 틀릴 리 없는 판관으로
결말이 언제 모든 것이 자명해질지
말해주겠지. 그때까지 우연의 손짓이나
따르자고.

(퇴장)

3장

피리서스, 히폴리타, 에밀리아 등장.

피리서스 이제 그만 하시구요.

히폴리타 잘 다녀오세요. 제 바램을
전하께 재차 전해주시구요. 그분의 승리를
감히 의심치 않지만 말이죠. 그래도 전 그분께서
넘쳐날 정도로 힘이 강성지면 좋겠어요. 그래서
심술궂은 불행도 견뎌낼 수 있게요. 그분께 성공을!
힘을 비축할수록 통치자에게 나쁘지 않으니까.

피리서스 그의 바다에
제 미미한 땀방울이 필요 없지만, 그래도 보탬이
되도록 해야겠어요. (에밀리아에게) 사랑스런 아가씨,
하늘이 내신 최고의 걸작인 아가씨의 가슴속에
최상의 마음씨를 고결하게
간직하시길.

에밀리아 고마워요. 내 귀한 형부에게
안부 전해주시구요. 그의 성공을
위대한 전쟁의 여신 벨로나에 간청 드릴게요.
인간 세상에선 공물이 없으면 청이
받아들여지지 않으니, 여신께서 좋아하시는 걸

알아 바칠 거예요. 우리의 마음은
그분의 부대와 텐트에 같이 할 거예요.

히폴리타 그의 가슴 속에도.
우리도 전사였으니, 울어서는 안 되죠.
친구들이 전쟁의 투구를 쓰고, 바다로 나아갈 때,
아니면 창에 꽂힌 아이들 이야기를 하거나
죽어가는 애들을 보고 눈물 흘리며 자기 아이를
끓여 먹은 여인의 얘기를 들어도요. 당신이
남아 우리가 그런 여자란 걸 알면
영영 여기에 잡아두어야 할 거예요.

피리서스 제가 전쟁을
치루는 동안 평온히 계세요. 전쟁에 이기면
더 이상 평온을 기원할 필요가 없겠죠. (퇴장)

에밀리아 친구를 따라
가고 싶어 얼마나 안달이던지. 왕께서 떠난 후로
연습할 때도 기술과 진지함을 갈망하면서도
무심하게 하곤 했죠. 그러면서 얻는 것과
잃는 것이 뭔지 전혀 개의치 않고
손으로는 이 일을 하면서, 머릿속으론
다른 일을 도모하고, 그래서 정신은 서로 다른
두 생각에 똑같이 신경을 썼죠. 우리 공작님께서
떠난 이후로 그를 눈여겨 본적이 있나요?

히폴리타 유심히 보았지.

그래서 그를 좋아하게 되었지. 두 분이 종종
위험하고 변변치 못한 막사에서 야영했었지.
위험과 궁핍이 경쟁하는 그런 곳에서 말이야.
힘이 약할 때조차 작은 배도 폭군처럼
으르렁거리며 거센 파도를 헤치고 나갔지.
함께 저승사자가 사는 곳까지 간적도 있지.
다행이 운명이 살려주셨지만. 그 사랑의 매듭은
너무도 오래 진실하게 얽히고설켜서
실로 엄청난 손재주로 풀려고 해도
닳아 없어질지언정 풀리진 않을 거야.
공작님은 마음을 둘로 똑같이 나누어,
양쪽에 공평하게 대하려해도, 나와 그 사이에
누굴 더 좋아하는지 모르는 것 같아.

에밀리아 틀림없이
더 좋은 쪽이 있겠죠. 그리고 언니를 더 좋아하지
않는다면 터무니없이 정신 나간 거죠. 한때
내 친구와 놀던 때가 생각이 나네요.
그녀가 무덤에 고이 묻힐 때 언니는 전쟁터에 있었죠.
죽음의 자리마저 으스대게 만들며, 달의 여신과
이별을 고했죠. 달은 이별로 창백해졌는데, 그때
우리 나이는 겨우 열한 살이었죠.

히폴리타 플라비나 얘기지.

에밀리아 맞아요.

언니는 피리서스와 테시우스의 우정을 얘기하는데,
그 우정이 더 굳고 오래 무르익은 거지죠.
강인한 이성으로 단단히 묶여, 서로를
필요로 하는 뿌리처럼 뗄 수 없이 얽힌
그 우정에 물을 주는 거죠. 하지만 저와
한숨 쉬며 얘기하는 그 애는 순수 그 자체여서
사랑해야 하니까 사랑을 했던 거죠. 뭔지도
왜인지도 모른 채 그냥 원리에 따라
놀라운 결과를 낳은 자연의 원소처럼[9]
우리 영혼도 그랬죠. 그 애가 좋아하는 것을
당연히 좋아하고, 더 이상 묻지도 않고
싫어하는 건 저도 미워했죠. 꽃을 꺾어
내 가슴에 안으면—활짝 피어나려고
한창 부풀은 꽃들을 안고 있으면, 그녀는
자신도 갖고 싶어 하면서, 순결한 요람에
꽃을 뿌리고 마치 불사조처럼 향기 속에서
죽길 바랐죠.[10] 제 머리에 그 애랑 같은
장식 말고는 안했죠. 옷차림도 그 애가 좋아서
예쁘지만 대충 골라 입었지만 예쁘게
정말 따라 입곤 했어요. 새 노래에

9. 자연의 4요소인 불, 공기, 흙 그리고 물로 만물의 구성요소.

10. 신화 속의 불사조는 600년을 산 뒤에 향기로운 장작 속에서 불타올라 다시 태어나는 것으로 전해진다.

귀 기울이거나 무작정 곡조를 흥얼거리면
언제나 그 노래에 그 애의 영혼이
깃들어 있었죠. 아니 그 노래에 빠져
잠들어 있을 때조차 흥얼거렸죠. 순진한 애들이
잘 알듯이 이 이야기는 뭔가 다른 뜻이
있는 것 같지만 결국 그 의미는 이런 거죠.
소녀와 소녀의 진정한 사랑이 이성 간의 사랑보다
더 진할 수 있다는 거죠.

히폴리타 아직도 숨이 벅차오르네.
숨 가쁘게 말하는 걸 보니 더 이상
플라비나만큼 남자라면 어느 누구도
사랑하지 않겠다는 뜻 같구나.

에밀리아 정말 그렇게 못할 것 같아요.

히폴리타 이를 어째, 여린 내 동생,
분명 넌 확신에 차 있겠지만 난
그 점에 대해 별로 믿음이 안 가네.
몹시 원하면서도 싫은 척하는 멍 난 입맛처럼
네 맹세도 그 정도만 믿을래. 하지만 얘야,
네 주장에 마음을 연다면, 네 말은 고귀하기
그지없는 테시우스의 품에서 나를 떼어낼 정도로
충분히 설득력이 있었단다. 그의 마음속에
내가 피리서스보다 높은 자리를 차지하고 있다는
커다란 확신으로, 그의 행운을 위해 이제 신전으로

들어가 무릎 꿇고 기도해야겠다.

에밀리아 언니의 믿음에는

이의가 없어. 하지만 내 믿음도 지킬 거야.

(퇴장)

4장

나팔 소리. 무대 뒤에서 전쟁이 진행. 그리고 퇴각.
승리의 팡파르. 이어 승자 테시우스 등장.
세 명의 왕비 그를 맞이하며 그 앞에 부복한다.

첫째 왕비 모든 별들이 공작님에게 빛나길 빕니다.

둘째 왕비 하늘과 땅이
영원히 공작님의 벗이 되길 빕니다.

셋째 왕비 공작님이 맘에
품은 선한 일 모두에 아멘이라고 외치옵니다.

테시우스 공평무사한 신들께서 높은 하늘에서
무상한 인간들을 살펴보시며, 누가 그른지
알아내어, 제 때에 벌을 내리죠. (왕비들 일어난다.) 가서
돌아가신 부군의 유해를 찾아 세배로 격식을 갖춰
예를 드리세요. 혹여 소중한 제례에
조금이라도 부족한 것이 있다면 우리가 돕겠소.
그러나 제례에 걸 맞는 의복을 준비할
사람을 위임하고 성급히 준비하느라
미진한 것을 처리하도록 하겠소. 잘 가시오.
하늘의 선한 보살핌이 그대들에게 있기를. (왕비들 퇴장)

팔라몬과 아시테를 데리고 전령 등장.

그자들은 누구냐?

전령 모양새를 보니 아주 지체 높은 자들인 것
갈습니다. 테베의 사람들은 이자들이
왕비 누이의 자식으로 왕의 조카랍니다.

테시우스 군신의 투구를 보니, 전쟁터에서 본 자들인데.
한 쌍의 사자처럼 죽은 자들의 피로 범벅이 되어
대열을 뚫고 무섭게 전진했었지. 그들을 주의 깊게
눈여겨보았지. 신들마저 눈여겨 볼만큼
돋보였거든. 이름을 물어보았을 때
뭐라고 말했더라?

전령 감히 아뢴다면,
팔라몬과 아시테라 합니다.

테시우스 그래 맞다. 그자들이지, 그자들이야.
죽은 것 아니더냐?

전령 살았다고 보기 힘들지요. 마지막
상처를 입었을 때 잡혔다면, 아마 치료를 받아
낫을 수도 있었지요. 아직은 숨을 쉬니
사람이라 할 수 있지요.

테시우스 그럼 산 사람으로 대접해라.
지체 높은 자가 다 죽어도 평범한 사람이
잘 나갈 때보다 곱절은 가치 있지. 저들을 위해
온갖 의사들을 불러들여 가장 귀한 약을
아끼지 말고 쓰라. 그들의 생명이 내게는

테베보다 더 값지다. 이런 처지에서
벗어나, 아침에 상처 없이 자유로웠던
상태로 저자들이 죽었으면 좋겠다.
아니 죽는 것보다는 수천 배 더
포로가 되면 좋겠다. 우리에겐 좋지만,
그들에겐 나쁜 공기에서 속히 데려가
사람이 해줄 수 있는 걸 해 주거라.
특히 나를 위해서. 싸움의 분노와 친구의 부탁,
사랑의 자극과 열정, 연인의 일과 자유의 욕망,
열병과 광기가 정상적인 상태로는 버거운
이를 수 없는 목표를 세우곤 하지.
아니면 나약한 의지가 이성의 힘에 짓눌리지.
내 사랑과 위대한 아폴로의 자비로[11] 최고의 의사들로
최상의 상태가 되도록 돌봐주어라.
성 안으로 데려가라. 흐트러진 질서를 다잡고
서둘러 나는 군대에 앞서 아테네로 돌아가겠다.

(나팔 소리 퇴장)

11. 아폴로는 의약의 신이기도 하다.

5장

음악. 장엄한 장례식에서 왕비들이 그들은 군주의 운구와 함께 등장.
시종들도 등장.
왕비들이 노래한다.

모든 왕비 유골함과 분향을 가져가라.
안개야, 한숨아, 한낮을 어둡게 하라.
우리의 애도는 죽음보다 끔찍하다.
향유와 진액과 무거운 낯빛과,
눈물로 가득한 성스러운 호리병과
광활한 대기를 뚫는 곡소리들.

오라, 슬프고 엄숙한 모든 것들아,
번득이는 눈을 지닌 기쁨의 적들아,
우리는 오로지 슬픔만을 부른다.
우리는 오로지 슬픔만을 부른다.

셋째 왕비 이 장례의 길은 당신 선산으로 가는 길이죠.
기쁨이 다시 깃들고 그분과 평화가 함께 잠들길.

둘째 왕비 당신은 이 길이오.

첫째 왕비 여긴 당신 길이고
하늘이 천 가지 다른 길을 분명한 길로 이끄는구나.

셋째 왕비 이 세상은 사방으로 난 길로 가득한 도시이고
죽음은 모든 길이 만나는 장터 같구나.

(각자 퇴장)

2막

1장

간수와 구혼자 등장.

간수 내 사는 동안, 나눠줄 게 별로 없네. 자네에게 줄 것도 그리 많지 않네. 애고, 난 옥을 지킬 뿐이지. 비록 이 옥이 대단한 양반들을 가두는 데지만, 거의 오는 사람이 없지. 연어 한 마리 잡기 전에 수많은 피라미를 잡는 격이지. 남의 말이야 믿을 게 못 되지만 부자가 될 거란 얘긴 듣지. 그리고 소문대로 진짜 부자가 됐으면 좋겠고. 빌어먹을, 내 가진 거 모두, 무엇이든 간에 죽는 그날 딸년에게 물려줄 걸 약조하네.

구혼자 어르신, 어르신께서 주시는 거 이상 바라지 않겠으며, 약조한 대로 따님에게 재산을 넘기겠습니다.

간수 그럼, 공작님의 예식이 끝난 뒤에 이 문제를 더 얘기하자고. 허나 딸애에게 완전히 언약을 받은 거지? 그 약조가 이루어지면, 나도 승낙 함세.

딸이 골풀 깔개를 들고 등장.

구혼자 그럼요, 어르신. 따님이 오네요.

간수 네 친구와 내가 여기서 우연히 만나 해묵은 일로 네 얘길 하고 있었다. 하지만 이제 그만 얘기하자. 급한 궁정 혼례식이 끝나는 즉시 우리도 그 일을 매듭짓자. 그동안 포로들이나 잘 간수해라. 내 말하건대 두 분 다 일국의 왕자들이다.

간수의 딸 이 깔개를 그분들 감방에 깔아 줄 거예요. 옥에 갇혀 있으니 안됐어요. 바깥세상으로 나가도 섭섭할 거예요. 어떤 역경도 부끄러울 정도로 참을성이 대단하죠. 감방마저 그분들을 자랑스러워하고, 옥 안에 있어도 세상 다 갖은 듯해요.

간수 한 쌍의 완벽한 사내들이라는 평판이 자자하지.

간수의 딸 그런 평판도 모자라요. 어떤 말로도 이루 다 할 수 없을 정도죠.

간수 전쟁에서도 아주 걸출한 공을 쌓았다고 하던데.

간수의 딸 정말 그랬을 거예요. 역경마저 고귀하게 견뎌내고 있는 걸 보니. 갇혀있어도 한없는 고귀함으로 어떡하든 자유를 찾아 누리고, 고통을 기쁨으로 만들고, 아픔마저 웃어버릴 농담거리로 만드는 걸 보니, 만약 승전하셨다면 어떤 모습일까 정말 궁금해요.

간수 그리 보이냐?

간수의 딸 제가 보기엔, 아테네의 지배를 받는 걸 제가 전혀 못 느끼듯 그분들도 갇혀 있다는 걸 하나도 못 느끼는 것 같아요. 밥도 잘 먹고, 즐거워 보이고, 온갖 얘기를 나누는데 자신들의 제약이나 불행은 한마디도 안 해요. 그런데 한 번은 얘기 중에 한 분이 억눌린 한숨 내쉬려다 순교를 시키듯 참았죠. 그러자 다른 분이 곧 온화하게 나무랐는데, 차라리 제가 한숨이 되어 그런 꾸짖음을 받거나, 아니면 적어도 한숨 쉰 사람이 되어 위로를 받았으면 했죠.

구혼자 전 한 번도 그 분들을 못 봤어요.

간수 공작님이 밤에 은밀히 이리로 데리고 오셨지. 무슨 이유인지는 나도 모르네.

위에서 팔라몬과 아시테 등장.

봐, 저기 그분들이 있군. 밖을 내다보는 분이 아시테야.

간수의 딸 아니어요, 아버지, 팔라몬이어요. 아시테는 두 분 중에서 키가 작은 분이죠. 그분은 조금만 보이죠.

간수 그만하고, 손가락질을 하면 안 돼. 그분들도 우리를 무슨 물건처럼 가리키지 않잖아. 눈에 띄지 않게 하고.

간수의 딸 저 분들을 보기만 해도 행운이죠. 하느님, 같은 남자가 이렇게 다르다니.

(퇴장)

2장

팔라몬과 아시테 남아있다.

팔라몬 고귀한 내 사촌, 괜찮아?

아시테 너는 어때?

팔라몬 응, 비참함을 비웃고 전쟁의 운수를 감당할 만큼
틈틈하지. 하지만, 사촌, 우리는 포로고,
영영 그럴까봐 겁이나.

아시테 그렇지. 그래서
난 참을성 있게 그 운명에 다가올 미래를
내맡겼지.

팔라몬 오, 내 사촌 아시테,
이제 테베가 어디 있어? 고귀한 조국이 어디 있냐고?
친구들과 친지들은 다 어디 있고? 더 이상
위안이 되는 그들도 못보고. 시합에서 명예를 걸고
서로 기를 겨룰 힘센 젊은이들도 못보고.
항해하는 커다란 돛배처럼 연인들이 준
울긋불긋한 사랑의 징표를 달고 겨뤘는데. 그 무리에
우리도 나가 동풍에 흩어지는 구름처럼
모두를 제키고 나갔지. 팔라몬과 아시테가
날랜 다리를 마구 놀리며, 구경꾼들의 환호성을

뒤로하고, 승리의 화환을 거머쥐곤 했지.
우리 화환을 부러워할 시간도 없었지.
오, 결코 다시는 명예로운 쌍둥이처럼
달리지도 못하고, 불같은 말들을
오만한 파도처럼 몰 수도 없을 거야. 이제 멋진 검도,
눈에 핏발 선 군신이 찼던 검보다 좋은 그 검도,
한때 멋지게 옆구리에 찼던 그 검도 세월에 녹슬고
우리를 미워하는 신전에 한낱 장식이 되겠지.
이 손으로 그 칼을 번개처럼 뽑아 전군을
궤멸시킬 날은 없겠지.

아시테 그렇지, 팔라몬,
우리의 희망도 포로 신세지. 우린 여기 있고,
젊음의 축복들은 때 이른 봄처럼
시들어버리겠지. 여기서 세월을 맞이하고,
팔라몬, 가장 힘든 건 결혼도 못하는 거야.
수천의 큐피드로 무장하고, 한가득 입 맞추는
사랑스런 아내가 목을 감싸며 포옹하는
일은 없겠지. 우리를 기억해줄 자식도 없고,
늙어 기쁘게 해줄 꼭 빼닮은 애들도
볼 수 없고. 어린 독수리처럼 눈부신 적장을
용감하게 마주하는 법을 가르쳐주며,
"아비가 어떤 사람이었는지 기억하고, 싸워 이겨라!"고
말해주지도 못하겠지. 고운 눈매의 아가씨들은

우리가 없어진 것을 슬퍼하며, 영원히 눈이 먼 운명의 여신을
노래로 저주하겠지. 젊음과 자연에 어떤 잘못을
저질렀는지 부끄러워 할 때까지. 여기가 세상 전부야.
여기서 아무것도 모르고 우리 둘만 알아보고,
우리의 고통을 헤아리는 시계소리만 듣겠지.
포도 넝쿨이 자라도 보지 못하고,
여름이 와도 좋은 것 하나 없이
죽음처럼 차가운 겨울만 여기 있을 뿐이지.

팔라몬 정말 맞는 말이야, 아시테. 고목 숲을
흔들며 짖어대던 테베의 사냥개들도
더 이상 소리쳐 부를 수 없고, 성난 멧돼지가
잘 단련된 쇠 화살을 맞고, 파르티아의 화살처럼[12]
분노한 우리를 피하여 달아날 때도 더 이상 창을
휘두를 수 없어. 모든 용맹한 행위는,
고귀한 정신의 음식이며 자양분인데,
우리 몸에 갇혀 스러지고, 그럼 우리도 죽겠지.
그건 정말 명예에 대한 저주야. 끝내 우리는
슬픔과 무지의 자식들로 죽겠지.

아시테 하지만 사촌,
심지어 이 비참한 바닥에서조차, 운명이
우리에게 가하는 온갖 고통 중에서도, 두 가지
위안이 있고, 신들이 허락한다면 순전한 축복이

12. 고대 동방의 파르티아 군사들은 퇴각을 하면서도 뒤를 향해 활을 쏘았다.

솟는 걸 알 수 있어. 여기서 용감하게 버티며
비탄을 함께 즐기는 거야. 팔라몬 네가
나와 함께 하는 한, 이곳을 감옥이라
생각한다면 차라리 죽겠어.

팔라몬 사촌, 물론
우리 운명이 한데 묶여 있다는 건 정말
다행이지. 분명한 건 고귀한 두 몸에
고결한 두 영혼이 들어 있어, 쓰라린 처지를
함께 겪어 나가면서, 함께 커가고 결코
굴하지 않는 거지. 어떤 경우라도 굴해서는 안 돼.
운명을 받아들이면 잠들듯 죽고, 다 끝나는 거지.

아시테 세상 모든 사람이 그토록 싫어하는
쓸모 있게 만들어 볼까?

팔라몬 사촌, 어떻게?

아시테 감옥을 사악한 인간들의 부패로부터
우리를 지켜주는 성스런 사원이라 여기자.
우린 아직 젊으니 명예로운 길을 걸어가자.
순수한 영혼에 독이 되는 방종과 무모한 교제는,
순결을 잃는 여자들처럼 우리를 방황으로
꼬드길 수 있으니까. 상상 속에서 우리 걸로
못 만들 소중한 축복이 뭐가 있겠어?
여기 이렇게 함께 있으니,
우린 서로에게 무한한 금광이지.

서로의 아내가 되어, 사랑의 새로운 탄생을
끊임없이 낳겠지. 그럼 우린 아버지며
친구고 친척으로 서로에게 가족이 되겠지.
난 너의 상속자가 되고, 넌 나의 상속자가 되고,
이곳은 우리의 유산이 될 거야. 어떤 흉악한 압제자도
감히 뺏을 수 없어. 여기서 인내심만 있으면
오래 사랑하며 살 거야. 과식도 안 하고.
전쟁의 손길마저 누구도 해하지 못하고,
바다도 젊은이를 삼키지 못해. 자유롭다면,
마누라나 사업이 의당 우리를 갈라놓고,
송사로 진이 다 빠지거나, 못된 인간이 시기하여
친구가 되려고 애쓰겠지. 사촌, 그럼 난 병이 들어
네가 모르는 곳에서, 내 눈을 감겨줄
네 고결한 손길도 없이, 신에게 기도도 못 드리고
죽을지도 몰라. 여기서 나간다면,
천 가지 이유가 우리를 갈라놓을 거야.

팔라몬 고마워, 아시테.

네 말을 들으니 포로 처지인데도
신이 나네. 밖에서 도처를 누비며 사는 게
얼마나 엄청난 불행인지! 내 생각엔,
짐승 같을 거야. 여기서 난 궁정을 찾은 거고,
더 만족스러워. 사나이의 마음을 허영으로
이끄는 온갖 환락을 이제 꿰뚫어 보며

충분히 세상에 대고 말할 수 있어.
세상은 늙은 시간[13]이 지나가며 데려가는
그림자에 불과하다고. 죄악이 정의였고,
욕망과 무지가 높은 자들의 미덕이었던
크레온의 궁정에서 우리가 나이 들었다면
어떠했을까? 사촌 아시테야,
은혜로운 신들이 이곳을 점지해주지 않았다면
우리도 그들처럼 병든 늙은이가 되어, 슬퍼하는 이 없이
묘비에는 뭇사람의 저주로 가득한 채 죽었을 거야.
더 말해 볼까?

아시테 계속 듣고 싶어.

팔라몬 그렇다면야.
아시테야, 세상에 우리보다 사랑을 더 잘 한
이들에 대한 기록이 있을까?

아시테 분명 없을 걸.

팔라몬 우리 우정이 떠날 수 있을 거라는
상상조차 할 수 없어

아시테 죽을 때까지 있을 수 없지.

에밀리아와 시녀가 아래에 등장. 팔라몬이 그녀를 본다.

죽어서도 우리 영혼은 영원히 사랑하는
이들에게 인도 될 거야. 계속해, 친구.

---

13. 중세에는 '시간'은 추수의 낫을 든 노인으로 그려지곤 했다.

에밀리아 (시녀에게) 이 정원은 기쁨의 낙원을 품고 있구나.
이건 무슨 꽃이지?

시녀 아가씨, 수선화라고 해요.

에밀리아 분명, 잘 생긴 소년이었지만, 자신을 사랑하는
바보였었지.[14] 여자애들이 많이 없었나?

아시테 (팔라몬에게) 제발, 계속해 보라니까.

팔라몬 알았어.

에밀리아 (시녀에게) 아니면 여자애들이 냉담했나?

시녀 그렇게 아름다운 아이에게 그러진 못했겠죠.

에밀리아 넌 안 그랬겠지.

시녀 아가씨, 전 안 그랬겠죠.

에밀리아 계집애 착해 빠져서.
하지만 다정도 병이니 조심해.

시녀 아가씨, 왜요?

에밀리아 사내들이란 다 미친 자들이야.

아시테 (팔라몬에게) 계속 얘기할 거야, 팔라몬?

에밀리아 얘야, 비단에 이런 꽃을 수놓을 수 있지?

시녀 그럼요.

에밀리아 이 꽃과 저 꽃으로 가득한 가운을 갖고 싶어
이 꽃도 색이 곱구나. 얘, 이 꽃은 치마에 정말
잘 어울리겠지?

---

14. 수선화는 자신을 사랑하던 미소년 나르시서스가 연못의 자기 모습에 반하여 물에 빠져 죽은 후 피어난 꽃으로 전해진다.

시녀 아가씨, 고상한 꽃이죠.
아시테 사촌, 사촌, 괜찮아? 응, 팔라몬!
팔라몬 아시테, 지금까지 난 옥에 갇혔던 것도 아냐.
아시테 어, 이봐, 왜 그러는 데?
팔라몬 너도 보면 놀랄 거야.
맹세코, 여신일 거야.
아시테 아!
팔라몬 경의를 표해야지.
아시테, 여신이라니까!
에밀리아 모든 꽃들 중에서
내 생각엔 장미가 최고야.
시녀 고운 아가씨, 왜요?
에밀리아 진정 처녀의 상징이잖아.
서풍이 부드럽게 구애를 하면
조신하게 피어나 순결한 홍조를 띠며
햇빛을 물들이지. 북풍이 무례하고
성급하게 다가오면, 숫처녀처럼,
봉우리에 아름다움을 다시 감추고
헐벗은 가시만 남겨주니까.
시녀 착한 아씨, 그래도
가끔은 지나칠 정도로 얌전을 빼다가
새침 덩어리가 되지요. 정조를 지닌
처녀라면 장미를 본받는 걸

싫어하겠죠.

에밀리아 넌 정말 까져가지고는.

아시테 놀랄 정도로 아름다워.

팔라몬 한없는 아름다움 자체지.

에밀리아 해가 중천에 떴네. 들어가자. 꽃들을 챙기고.
우리 재주가 얼마나 꽃 색에 다가가는지 해보자.
정말 기분이 좋아졌어. 이제 웃을 수 있을 것 같아.

시녀 전 누울 수도 있을 거 같은데요.[15]

에밀리아 누구하고?

시녀 아씨, 그야 흥정하기 나름이죠.

에밀리아 좋아 그렇게 해봐.

(에밀리아와 시녀 퇴장)

팔라몬 저 미인 어떻게 생각해?

아시테 보기 드문 미인이지.

팔라몬 그냥 드문 정도가 아니잖아?

아시테 그래, 견줄 데 없는 미인이지.

팔라몬 남자라면 완전히 넋이 나가 사랑할 만하지?

아시테 너는 어땠는지 모르겠지만, 난 넋이 나갔지.
내 눈을 탓할 수밖에. 이제야 족쇄가 느껴지네.

팔라몬 그럼 그녀를 사랑한다는 거야?

아시테 누군들 아니겠어?

---

15. 엘리자베스 시대의 카드 게임인 "웃고 눕기"를 가지고 한 말장난. 약간의 성적인 암시도 있음.

팔라몬 그녀를 바래?

아시테 자유보다 먼저.

팔라몬 내가 먼저 봤잖아.

아시테 무슨 상관이야.

팔라몬 상관이 있지.

아시테 나도 같이 봤잖아.

팔라몬 그렇지. 그래도 넌 사랑하면 안 돼.

아시테 난 너처럼 천상의 축복받은 여신으로
숭배하진 않을 거야. 난 그녀를
여자로 사랑하고 여자로 즐기고 싶어.
그러니 우리 둘 다 사랑해도 되지.

팔라몬 절대 사랑하면 안 돼.

아시테 사랑하면 안 된다고? 누가 나를 막아?

팔라몬 먼저 본 건 나야. 먼저 내 눈으로
인간에게 비춰진 내면의 모든 아름다움을
차지한 내가 막는다. 아시테, 네가 그녀를 사랑하면,
아니 내 바램을 날려버릴 작정이라면, 너야 말로
배신자야. 그리고 그녀에 대한 네 자격만큼이나
거짓된 자가 될 거야. 한번이라도 그녀를 생각하면
우정과 혈연과 우리를 묶어주던 모든 것을
부인할 거야.

아시테 그래, 난 그녀를 사랑해.
내 모든 목숨 같은 명성이 달렸더라도

사랑할 수밖에 없어. 영혼을 걸고 사랑해.
그래서 너를 잃는다면, 팔라몬 잘 가라.
다시 말하지만 그녀를 사랑해. 그리고 사랑에 있어
팔라몬이든 누구든 사람의 아들이면
누구와도 다를 바 없이 나 또한
자격과 자유를 지닌 연인이며
그녀의 아름다움을 취할 권리가
있다고.

팔라몬 너를 친구라 했다니?

아시테 그래, 그런 줄 알았지. 왜 이렇게 난리냐?
냉정하게 따져보자. 내가 너의 피와 영혼의
한 부분이 아니었니? 네가 말했잖아,
내가 팔라몬이면 네가 아시테라고.

팔라몬 그랬지.

아시테 나도 같은 감정을 느끼지 않을까?
친구가 겪는 기쁨, 슬픔, 분노, 두려움 말이야?

팔라몬 너도 그렇겠지.

아시테 그러면 왜 그렇게 치사하게
터무니없이, 고귀한 사촌답지 못하게 혼자만
사랑하겠다는 거냐? 사실대로 얘기해 봐. 넌 내가
그녀를 볼 자격이 없다는 거냐?

팔라몬 그렇지 않지만,
그녀를 자꾸 보는 건 옳지 않지.

아시테 남이 먼저
적을 보았다고, 난 잠자코 서서
명예도 저버리고 공격을 하면 안 되냐?
팔라몬 그렇지, 적이 한명이면.
아시테 근데 그 적이
나와 싸우려 하면 어쩔래?
팔라몬 그 적이 그렇게 말하면
네 맘대로 해. 안 그런 데도 그녀를 바라면
넌 조국을 증오하는 저주받은 인간으로
낙인찍힌 악당이 되는 거지.
아시테 넌 미쳤구나.
팔라몬 미칠 수밖에.
아시테, 네가 자격이 생길 때까지, 나와도 관계된 거니까.
이 광기로 내가 너를 해치고 목숨을 뺏으려 해도,
정당하게 대하는 거지.
아시테 말도 안 돼!
정말 애처럼 구는구나. 난 그녀를 사랑할 거야.
사랑할 수밖에 없고 해야만 하고 감히 그럴 거야.
이 모두가 정당한 거야.
팔라몬 오 당장 지금, 당장 지금,
거짓된 너와 친구인 내가 한 시간만이라도
자유로이 칼을 잡는 행운이
주어진다면, 다른 이의 애정을 훔치는 게

어떤 건지 바로 알려줄 텐데.
소매치기보다 넌 더 야비해.
머리를 창밖으로 내놓기만 해봐라,
맹세코 네 목을 거기에 박아버리겠다.

아시테 이 바보야, 하지도 못하고 약해빠져
할 수도 없으면서. 머리를 내민다고? 다음에
그녀를 보면 몸을 던져 정원을 뛰어넘어
그녀 팔에 안겨 너를 열 받게 하겠다.

위에서 간수 등장

팔라몬 이제 그만하자. 간수가 온다. 내 살아서
이 족쇄로 네 대갈통을 박살내겠다.

아시테 해보라지.

간수 도련님들, 실례하오.

팔라몬 뭐요, 정직한 간수 양반?

간수 아시테 님, 곧 공작님에게 가보시오.
전 무슨 이유인지 몰라요.

아시테 당장 갈 수 있소, 간수.

간수 팔라몬 왕자, 멋진 사촌님을 잠시
빌려가야겠군요.

(아시테와 간수 퇴장)

팔라몬 그대만 좋다면,
내 목숨도 앗아가시지. 왜 불렀을까?

그녀와 결혼시키는 건 아니겠지. 잘 생겼으니까.
공작이 그의 혈통과 몸을 눈여겨
봤을 수도 있지. 하지만 그놈의 거짓은!
친구라면 어떻게 배신하겠어? 이일로 그가
그토록 아름답고 고결한 아내를 얻는다면
정직한 남자들이여 다시는 사랑하지 마라.
한 번 더 아름다운 그녀를 볼 수 있다면.
축복받은 정원, 빛나는 그녀의 눈빛이 비추어
영원히 피어 있는 더 축복받은 꽃과 과실아,
남은 생의 모든 행운을 바쳐서라도
꽃피는 저 작은 나무와 살구꽃이 되고 싶구나.
자유로이 팔을 벌려 그녀의 창에 얼마나
닿고 싶은지! 신들이 먹기에도 족한 과일을
그녀에게 바치고! 그녀가 맛보면,
젊음과 기쁨이 두 배가 되고,
천상의 여인이 아니어도, 신마저 두려워할 정도로
진정 신과 흡사하게 만들어줄 텐데.
그러면 분명 날 사랑하게 될 거야.

간수 등장.

팔라몬 이보게, 간수?
아시테는 어디 있는가?

간수 추방됐지요. 피리서스 대감께서

풀어 달라 하셨지요. 하지만 목숨을 담보로
다시는 이 나라에 발을 디뎌 놓지
못하지요.

팔라몬 참 복도 많네.
다시 테베를 볼 수도 있고, 용맹한 자들을
불러 무장시킨 뒤, 명령을 내려 불처럼
공격할 수 있겠지. 자격을 갖춘
연인이 되려면 그런 기회도 마다 않겠지.
그녀를 위해 전쟁을 일으켜서라도 말이야.
그녀를 놓치면, 정말 김빠진 겁쟁이지.
고귀한 아시테라면 그녀를 차지하려고
얼마나 용감하게 행동할까? 수천가지 방법으로!
나도 자유롭다면, 덕망 높고 위대한 일을
벌이겠지. 그러면 부끄러이 얼굴을 붉히던
이 여인이 사내같이 대담해져서
나를 겁탈하려 덤벼들 텐데.

간수 나리, 당신에게도
명령이 내려졌소.

팔라몬 내 목을 친다는 건가?

간수 아니요. 나리를 다른 데로 옮기랍니다.
여긴 창문이 너무 크다 네요.

팔라몬 나에게 악의를 품은
악마들이 창문을 차지하겠다고. 차라리 나를 죽여라.

간수 그럼 제가 교수형을 당하겠죠?

팔라몬 이 훤한 빛에 맹세코,
칼만 있다면 너를 죽일 텐데.

간수 왜요, 나리?

팔라몬 너무도 끔찍하고 추악한 소식만 계속 가져오니
살 가치가 없지. 난 안 가겠다.

간수 가셔야 합니다, 나리.

팔라몬 정원은 볼 수 있겠지?

간수 아니요.

팔라몬 그럼 난 확고해. 난 안 갈 거야.

간수 그럼 강제로 데려가야죠. 위험해 보이니
쇳덩어리를 더 채워야겠소.

팔라몬 간수, 그리 하시오.
쇳덩이를 흔들면, 자네도 못자겠지.
새 모리스 춤이라도 춰주지.[16] 꼭 가야 하냐?

간수 도리가 없어요.

팔라몬 착한 창문아, 잘 있어.
못된 바람이 그대를 해치지 않기를! 오 나의 여인,
슬픔이 어떠한지 느껴봤다면 내가 얼마나
고통스러운지 꿈이라도 꿔주오. 자, 나를 묶어라.

(퇴장)

---

16. 영국의 민속춤으로 다리에 작은 방울을 달고 뛰듯이 껑충껑충 추는 춤으로 요란한 소리가 난다.

3장

아테네 근처의 시골마을. 아시테 등장.

아시테 이 나라에서 추방되다니? 경사이고,
감사할 자비이지만 죽도록 보고 싶은
얼굴을 맘껏 못 즐기니, 고심 끝에
내린 처벌이고, 상상을 초월하는 죽음이다.
내가 늙은 악한이라도 모든 죄가
나를 괴롭히지 못할 그런 복수다.
팔라몬, 넌 이제 주도권을 가졌구나.
남아서 그녀의 빛나는 눈길이
창을 밝혀주고 생명을 선사하는 걸
아침마다 보겠지. 세상에
있었던 적도 없고 있을 수도 없는
고결한 미의 달콤함을 실컷 누리겠지.
오, 신들이여, 팔라몬은 얼마나 행복할까!
십중팔구 그녀에게 말할 기회를 잡고,
아름다운만큼 착하다면 그녀는
그의 여자가 될 거야. 폭풍도 잠재우고,
거친 바위도 가벼이 만들 언변을 지녔으니.
될 대로 되라지. 죽기밖에 더 하겠어?

이 나라를 안 떠날 거야. 우리나라는
잿더미뿐이고 가망도 하나 없어.
내가 떠나면, 그녀는 그의 차지지.
결심했어. 다른 사람으로 변장을 하자.
아니면 내 운도 끝이야. 어느 쪽이든 난 괜찮아.
그녀를 보며 가까이 있든지 아무 것도 못하든지.

(뒤로 비켜선다.)

네 명의 시골사내 등장.

시골사내 1 여보게들, 나 거기 가. 확실히 가.

시골사내 2 나도 갈 거야.

시골사내 3 나도.

시골사내 4 이봐, 그럼 나도 함께 가야지. 꾸지람을 들어도 한 번이면 되지 뭐. 오늘은 쟁기도 쉬라고 해. 내일 늙은 말 엉덩이를 간지렵혀서 더 빨리 일하게 하면 되지 뭐.

시골사내 1 우리 마누라는 칠면조처럼 신경질을 부릴 게 분명한데. 뭐 그게 대수겠어? 일단 시작한 거니까 끝을 내야지. 바가지를 긁든지 말든지.

시골사내 2 내일 자네 마누라 배를 올라타고 짐을 잔뜩 실어주면 되지 뭐. 그럼 모두 다 잘 굴러갈 거야.

시골사내 3 그렇지. 마누라 손에 몽둥이를 쥐어주면, 새로운 걸 배워서 얌전한 여편네가 된다니까. 오월제에 다 가기로 결정한 거지?[17]

시골사내 4 결정이고 자시고 뭐 문제될 게 있어?

시골사내 3 아르카스도 올 거야.

시골사내 2 세누와와 라이커스도. 그리고 푸른 나무 아래서 춤추는 놈들 중 가장 기똥차게 춤을 추는 세 녀석도 올 거야. 자네들도 알다시피 그 계집들! 하지만 깐깐한 샌님 선생도 약조를 지킬까? 알다시피, 일은 그 양반이 다 꾸민 거잖아.

시골사내 3 책을 씹어 먹는 한이 있더라도 꼭 올 거야. 젠장, 그 양반하고 무두장이 딸하고 너무 깊이 가서 이제 빠지기도 곤란하지. 근데 걔가 공작님을 꼭 보고 춤도 꼭 추겠다고 야단이거든.

시골사내 4 우리도 신나게 놀아야지?

시골사내 2 아테네의 모든 녀석들이 우릴 따라 하다 숨깨나 헐떡대겠지. (춤을 춘다.) 아테네의 명예를 걸고 여기도 찍고 저기도 찍고. 다시 여기 그리고 다시 저기. 어때, 얘들아! 직조공 만세!

시골사내 1 그건 숲에서 해야지.

시골사내 4 어, 미안.

시골사내 2 무슨 수를 써서라도 해야 해. 그 유식해빠진 샌님이 말하길, 그 숲에서 우릴 대표해서 공작님께 직접 입심 좋게 말씀드린다고 했어. 숲에서는 끝내 주는데, 들판으로 나오면 배운 것도 아무 쓸데가 없어.

시골사내 3 우선 경기나 보고나서 각자 할 일을 하자고. 그리고 이봐 친구들, 마님들이 보러 오기 전에 어찌됐든 연습은 해둬야 한다고. 무슨 일이 생길지 아무도 모르잖아.

시골사내 4 좋아. 일단 경기가 끝나면, 우리가 춤사위를 펼치는 거야. 여

---

17. 전통적인 영국의 축일인 5월 1일의 축제.

보게들, 어서 가자고. 꼭 약속 지키고!

아시테 (앞으로 나오며) 실례지만, 형씨들.

어디로 가는 건지 말 좀 해주시겠소?

시골사내 4 어디로 가냐고? 도대체 무슨 질문이 그 따위요?

아시테 아니, 저야 아무것도 모르니까 하는 질문이죠.

시골사내 3 이보게, 친구, 시합 구경하러 가는 거지.

시골사내 2 어디서 왔기에 그것도 모르는 거요?

아시테 먼 곳은 아니지요.

오늘 그런 시합이 있다는 거죠?

시골사내 1 그럼 있고말고.

자네는 한 번도 본 적 없는 그런 시합이지. 공작님이 직접 나오신다네.

아시테 어떤 경기인데요?

시골사내 2 씨름과 달리기지. (친구들에게) 이 녀석 쓸만한데.

시골사내 3 같이 안 가려나?

아시테 전 조금 있다가요.

시골사내 4 이보게, 그럼

천천히 오게나. (친구들에게) 이보게들, 가자고.

시골사내 1 내 생각엔,

저 친구 뒷심이 완전 장난 아닐 것 같은데.

몸집도 씨름에 안성맞춤이고.

시골사내 2 저자가 씨름에 나서면

내 목을 내놓지. 저런 물렁탱이는 나가 뒈지라고 해.

저자가 씨름을 한다고? 계란이나 굽겠지! 자, 어서 가자고.

(시골사내들 퇴장)

아시테 정말 바라지도 않았는데 주어진
절호의 기회야. 한 때 나도 씨름 좀 했지.
최고의 씨름꾼들도 잘한다고 했지. 옥수수 밭에서
잘 익은 이삭들을 휩쓸며 바람보다 빨리 달리고,
절대 물러서는 법이 없었지. 모험을 해야지.
대충 변장을 하고서 가보자. 우승을 해서
머리에 월계관을 두르게 될지 모르잖아?
영원히 그녀를 보면서 살 수 있는 곳으로
운명이 나를 끌어줄지 누가 알겠어?

(퇴장)

4장

간수의 딸 등장.

간수의 딸 왜 이분을 사랑하려는 거지? 나를
좋아할 리 없는데. 난 천한 신분이고,
아버지도 보잘 것 없는 간수잖아.
그분은 왕자이고, 결혼은 꿈도 못 꾸는데.
노리개가 되는 건 바보짓이고. 그만 하자.
계집애가 열다섯 살이 되면 별별 터무니없는
짓을 다 하게 되나? 처음엔, 그냥 본 건데,
보니, 정말 잘 생겼다는 생각이 들었지.
맘만 잘 먹으면 여자에게 아주 많은 걸
잘해줄 사람이지. 내가 눈여겨 본
남자들 중 가장 그래 보였어. 그런 뒤에
불쌍해보였지. 양심에 손을 얹고, 잘생긴
젊은 남자에게 순결을 바치기로 맹세한
다른 계집애들처럼 말이야. 그리고는 사랑을
하게 되고, 무한정 지독히 사랑하게 되었지.
그분의 사촌도 잘생겼지만,
내 맘속에는 팔라몬뿐이지. 주여,
내 속에서 그이가 요통을 쳐요! 저녁에

그분 노래를 들으면 천국이 따로 없지!
근데 모두 슬픈 노래뿐이야. 목소리가
그렇게 멋진 분도 없지. 아침에 물을
떠다 드리면, 귀하신 몸을 숙여 내게
먼저 인사하지. "예쁘고 고운 아가씨,
안녕하세요? 맘이 고우니 좋은 남편을
맞을 거예요." 한번은 입 맞춰 주었는데
그 후 열흘이나 입술이 더 사랑스러웠지.
매일 키스해주면 좋을 텐데! 너무 슬퍼하니까,
그 슬픔을 바라보는 나까지 슬퍼져.
내 사랑을 어떡하면 알아채게 할까?
진실로 그분을 기쁘게 해드리고 싶어. 내가
풀어주겠다고 해볼까? 그럼 법이 뭐라 할까?
법이든 아버지든 될 대로 되라지. 한번 해보자.
오늘 밤이나 내일이 오기 전에 날 사랑하겠지.

(퇴장)

5장

안에서 짧은 나팔 소리와 외침이 들린다.
테시우스, 히폴리타, 에밀리아, 변장한 아시테가 화관을 쓰고 등장.

테시우스 정말 장하오. 헤라클레스 빼고 자네만큼
굳센 근육을 지닌 사내를 본적 없네.
자네가 누구든, 이 시대가 인정하는
으뜸가는 경주와 씨름을 하였네.

아시테 기쁘게 해드려 흐뭇합니다.

테시우스 어느 나라 태생인가?

아시테 이 나라지만 아주 먼 곳입니다.

테시우스 귀족 출신인가?

아시테 아버님이 그리 말씀하셨죠.
귀족의 예법을 따르도록 절 키우셨지요.

테시우스 부친의 상속자인가?

아시테 막내입니다.

테시우스 분명
자네 아버지는 행복한 분이군. 어떤 자질을 지녔나?

아시테 귀족의 자질 모두 조금씩 지녔죠.
매도 다뤄 보고, 사냥개가 크게 짖도록
목청껏 부를 수도 있지요. 말 다루는 건
자랑하긴 뭐하지만 지인들은

장기라고 말하죠. 끝으로 가장 중요한 건
저를 군인으로 봐주셨으면 하는 겁니다.

테시우스 완벽하군.

피리서스 맴세코, 대단한 분입니다.

에밀리아 정말 그렇죠.

피리서스 (히폴리타에게) 부인, 어떻게 생각하오?

히폴리타 굉장한 사람이군요.
그의 말이 사실이라면, 저런 출신으로
이렇게 고귀한 젊은이를 본적이 없어요.

에밀리아 확실히
어머니가 놀랄 정도로 뛰어난 분이셨겠죠.
얼굴을 보면 그럴 것 같아요.

히폴리타 하지만 체격과
용맹한 정신에서는 용감한 아버지가 보이지요.

피리서스 구름 뒤에 숨은 태양처럼 성품이
남루한 옷을 뚫고 비추는군요.

히폴리타 분명 집안도 좋을 테죠.

테시우스 (아시테에게) 어쩌다 여기까지 왔는가?

아시테 테시우스공
명예를 얻고 최선을 다해 폐하의
훌륭하신 뜻을 받들고자 왔습니다.
온 세상에서 공작님 궁정에만
공명정대함이 살아 있기 때문입니다.

피리서스 하는 말마다 일리가 있군.

테시우스 (아시테에게) 이렇게 와 줘서 고마울 따름이네.
반드시 자네 소원을 들어주고 싶네. 피리서스,
이 젊은 신사에게 관직을 마련해주게.

피리서스 테시우스공, 고맙습니다.
(아시테에게) 자네가 누구든, 이제 내 사람이니,
귀한 임무를 주겠네. 총명하고 젊은 처녀인
이 아가씨를 보필하게. 선하신 이분을 모시게.
자네 기량으로 공주님 생신을 빛나게 했으니,
공주를 섬기는 게 자네 몫이네. 손에 입 맞추고.

아시테 고귀한 선물을 주셨군요. (에밀리아에게) 한없이 아름다운
아가씨, 이렇게 충성을 서약합니다.

(에밀리아 손에 입을 맞춘다.)

그대의 일꾼은
보잘 것 없는 존재이니 조금이라도 폐가 되면
죽으라고 명하십시오. 그럼 죽겠습니다.

에밀리아 그건 너무 끔찍해요.
어떤 대우를 할지 곧 알겠지요.
이제 내 사람이니 지위보다 높이 대우하겠어요.

피리서스 (아시테에게) 어울리는 장비를 지급하겠소.
기사라고 했으니, 오늘 오후 나와 말 타러
갑시다. 이 녀석이 워낙 거친 놈이라.

아시테 그런 말이 더 좋지요. 안장 위에서

얼어 죽지는 않을 테니까요.

테시우스 (히폴리타에게) 여보, 당신도 준비하구려,
그리고 에밀리아 너도. (피리서스에게) 자네도. 우리 모두
내일 해 뜰 무렵 다이아나의 숲에서 꽃이 만발한
오월을 축하하자고. (아시테에게) 자네 여주인을
잘 모시게. 에밀리아, 이 사람이 걸어오지 않게
준비해주오.

에밀리아 제게도 말이 있으니,
그건 말도 안 되죠. (아시테에게) 직접 고르세요,
그리고 필요한 게 있으면, 언제든지 말하셔요.
충실하게 섬기면, 내 맹세하건데,
그대에게 좋은 주인이 될 거예요.

아시테 그리 못하면,
제 아버님이 혐오하던 치욕과 벌을
받겠습니다.

테시우스 자, 앞장서게. 그럴 자격을 얻었으니.
그리 해야겠지. 그대가 얻은 명예에 걸맞은 걸
다 받게 될 걸세. 안 그러면 부당하지.
(에밀리아에게) 처제, 맘에 걸리는 건, 내가 여자라면
부군으로 삼고 싶은 하인이 생긴 거지.
하지만 처제는 똑똑하니까.

에밀리아 그렇기엔 너무 똑똑하지 않은가요?

(나팔 소리, 모두 퇴장)

6장

간수의 딸 등장.

간수의 딸 공작이든 악마든 모두 으르렁대라지.
이제 그분은 자유야! 위험을 감수하고
밖으로 빼내주었지. 여기서 꽤 떨어진
작은 숲으로 보내주었지. 거기 개울 옆에는
삼나무가 다른 나무들보다 더 크고 무성하게
버짐나무처럼 자라지. 거기 숨어 있으면
내가 줄칼과 음식을 갖다 준다고 했어.
아직 쇠고랑을 못 풀었으니까. 오, 사랑의 신이여,
정말 강심장을 지닌 큐피드구나! 아버지는
족쇄를 채우는 게 아니라 차게 되겠지.
난 그분을 사랑과 이성보다, 상식과
안전보다 더 사랑하지. 그분도 알게 됐지만,
상관없어. 난 끝장을 볼 거야. 법이 나를 잡아
벌을 내리면, 정직한 마음의
처녀들이 나를 기리는 노래를 부르며,
고귀한 죽음으로 순례자처럼 죽었다고
기억해주겠지. 내 목적은 그분의 길을
따라 가는 거야. 나를 여기에

버려둘 졸장부는 아니겠지.
그렇다면, 다시는 처녀들이 사내들을 쉽게
믿지 않을 거야. 그런데 내가 한 일에 대해
아직 고맙단 말도 안 했어. 키스는
둘째 치고. 내 생각엔 그게 아닌데.
자유를 얻으라고 권해도 별 반응 없이
아버지와 내게 닥칠 일을 걱정하며
주저했지. 하지만 조금만 더 생각해주면,
내 사랑이 그의 맘속에 더 깊이 뿌리내릴 텐데.
내게 다정하게 해주는 한,
맘대로 하게 나두자. 날 써 먹으려면,
그렇게 하라지. 못하면 남자 구실도 못한다고
대놓고 말해야지. 바로 필요한 것과
내 옷가지를 챙겨서 길이 있는 한
어디든지 그가 함께 떠날 거야.
그이 곁에서 그림자처럼 영원히
머물 거야. 머지않아 감옥에 난리법석이
나겠지. 그땐 난 벌써 사랑하는 그이와
키스를 하고 있겠지. 아버지, 안녕히 계세요.
이런 죄수와 딸들을 더 많이 잡아들이세요.
아니면 아버지가 옥에 갈 수 있으니. 자, 그이에게로!

(퇴장)

3막

1장

덤불 숲, 여기저기서 나팔 소리. 오월제를 즐기는 사람들의 떠들고 외치는 소리.
아시테 등장.

아시테 공작님이 히폴리타와 떨어졌네. 서로 다른
숲길로 갔군. 이게 아테네 사람들이
꽃이 만발한 오월에 펼치는 엄숙한 행사군.
제대로 정성을 다하네. 오, 에밀리아 공주여,
오월보다 싱싱하고, 가지에 돋는
황금 봉오리와 들과 밭의 영롱한 꽃보다
사랑스러운 그대여. 흐르는 물결조차
꽃밭처럼 만드는 어떤 요정의
강둑보다 더 아름답군요. 그대는
숲과 세상의 보석, 그대만으로도
숲길은 축복이 넘치고, 머지않아
불쌍한 나도 그대 맘속에 떠올라
정결한 마음을 차지할 날이 오기를!
세 배의 축복이지, 이런 여주인을 만난 건.
그것도 전혀 예기치 못한 채 만난 건.
에밀리아 다음으로 섬기는 운명의 여신이여,
말해주오, 얼마만큼 나아갈 수 있는지.

저를 눈여겨보시고 옆에 두고, 한해 중에
가장 아름다운 오늘 오월의 아침에
한 쌍의 말까지 선물해 주셨죠. 두 임금이
올라타고 서로 왕좌를 놓고 겨룰 만큼
그렇게 멋진 말들이죠. 아, 불쌍하고 불쌍한
사촌 팔라몬, 불쌍한 죄수, 내 행운을
꿈도 못 꾸고 자신이 에밀리아 옆에
있으니 더 행복한 자라고 믿겠지.
내가 테베에 머무르며, 자유롭지만
비참하다고 생각하겠지. 하지만
내 곁에서 여주인이 숨쉬고, 내 귀로
말을 들으며, 눈앞에 산다는 걸 안다면.
오, 사촌, 어떤 감정에 휩싸일까!

팔라몬이 숲에서 나오듯 족쇄를 차고 등장.
아시테에게 주먹을 겨눈다.

팔라몬 배신자,
이 구속의 표시를 벗어던지고
이 손에 칼만 쥐면, 내 분노를 몸소
맛보게 해줄 텐데. 온갖 맹세를 한데 뭉쳐,
내 사랑의 정당함으로 배신자라는 걸
고백하게 만들 테다. 신사처럼 보이지만
천하에 거짓된 놈아, 귀족의 꼴만 갖추고

명예라곤 없는 놈아, 혈통상 친척이지만
거짓 친척아, 그녀가 네 거라고?
족쇄를 차고, 손에 무기도 없지만
내 증명해 보일테다, 네놈이 거짓말하며
사랑의 도둑이이며, 악당이란 이름조차
아까운 하찮은 찌꺼기라는 것을. 칼이 있어
족쇄를 풀 수만 있다면. . . .

아시테 사랑하는 사촌 팔라몬,

팔라몬 사기꾼 아시테, 못된 배신에 어울리는
말을 써보지 그래.

아시테 내 가슴 속
어디에도 너한테 욕먹을 비천한
어떤 것도 찾을 수 없어, 이렇게
점잖게 대답하는 거다. 분노 때문에
오해를 하는 거야. 네 분노가 원수니까,
내게 친절할 수 없는 거지. 나는 명예와
정직을 소중히 여겨 그에 따라 행동할 따름이지.
아무리 그 점을 부인해도 어쩔 수 없어.
난 그대로 처신할 테니. 그러니 너의 억울함을
점잖게 말해주면 좋겠어. 너의 상대는
신분이 같은 사람이니, 진정한 신사의
마음과 검으로 내 자신의 정당함을
증명할 수밖에.

팔라몬 아시테, 어딜 감히!
아시테 사촌, 사촌, 내가 얼마나 대담한지
잘 알잖아. 조심하란 충고도 뿌리치고
칼을 휘두르는 걸 충분히 봤잖아.
누가 날 의심하는 것조차 들을 수 없어
신전 안에서 소리를 친 적도 있잖아.
팔라몬 그래, 네가 용기를 과시할 만한 전투에서
칼을 휘두르는 것을 보았지. 멋진 기사요
용사라고 불렸지. 하지만 하루라도 비가 오면
그 주 전체가 맑았다고 할 수 없지. 사람도
배신으로 기울면 용감한 기개를 잃고
억지로 싸우는 곰처럼 묶여있지 않으면
바로 도망을 치지.
아시테 사촌, 경멸하는
귀에 대고 말하느니 차라리 거울 앞에서
자신에게 말하고 행동하라고.
팔라몬 내게 와서
이 차가운 족쇄를 없애고 녹이 슨
칼이라도 주고, 밥 한 끼 베풀어
줄래. 그런 뒤에 내 앞에 나타나
한 손에 훌륭한 칼을 들고 그냥
에밀리아가 네 거라고 말해봐.
네가 날 무찌른다면, 나와 내 생명에

저지른 모든 과오를 다 용서해 주지.
사내답게 용감하게 싸우다 죽은
지옥의 망령들이 내게 지상의 소식을
물으면 이런 얘길 듣겠지.
"넌 용감하고 고귀하다."

아시테 그만하고
산사나무 덤불로 되돌아가라.
야음을 틈타 몸에 좋은 음식을
여기로 가지고 올게. 족쇄는
줄로 끊어주마. 옷가지와 감옥의
냄새도 없애줄 향수도 필요하겠지. 그 후에,
몸 좀 펴고 "자, 이제 준비 됐어"라고
말할 수 있을 때, 그때 정해,
칼과 무기를 말이야.

팔라몬 오, 하느님, 세상에 이런
죄스런 일을 고결하게 견딜 자가 있을까?
아시테 너 말고는 없다. 그러니 너 말고는
어떤 자도 이렇게 대담할 수 없지.

아시테 착한 팔라몬.

팔라몬 너와 네 제안을 받아들이지. 제안에
대해서 그렇게 하지. 그리고 네 자신에 대해선,
거짓 없이 말하면, 내 칼날이 내려치는 것
말고 다른 걸 바랄 수 없지.

(안에서 사냥 나팔이 울린다.)

아시테 나팔 소리 들리지.
덤불 숲 사이로 들어가. 우리 결투가
시작도 하기 전에 어긋나지 않게. 악수하고
헤어지자. 필요한 거 다 갖다 줄게—부탁인데,
맘 편히 먹고 힘을 내.

팔라몬 약속이나 지켜라.
괜히 표내지 말고 처리해라. 나를
사랑해서 하는 건 아니잖아. 내게
거칠게 굴고 번지르르한 말 따윈 버려.
말 한마디마다 따귀 한 대씩 날리고 싶다.
내 배알이 아직 이성이랑 친하질 못해서.

아시테 솔직한 말인데
미안하지만 심한 말이군. 난 말에 박차를
가하면서 꾸짖지는 않지. 내게는 만족과
분노가 매 한가지지.

(안에서 사냥 나팔 소리)

들려, 뿔뿔이 흩어진
사람들을 연회장으로 부르는 소리지.
알다시피 난 거기서 할 일이 있어.

팔라몬 네가 간다고
하늘이 좋아할 리 없지. 너의 직책도
부당하게 얻은 게 틀림없을 테니.

아시테 정당하게 얻은 거야.
우리 사이에 곪을 대로 곪은 이 문제는
피를 흘려야 해결될 것 같구나.
이 분쟁을 칼에 맡기고 싶어 하니
더 이상 말을 말자.

팔라몬 이 말 한마디만.
네가 지금은 내 여인을 보러 가지만
분명히 알아둬, 그녀는 내 거야.

아시테 천만에.

팔라몬 맞아.
내가 힘이 생기도록 먹을 걸 준다고 하면서
넌 보기만 해도 힘이 솟는 태양을
보러 가겠다는 거지. 그 점에서 넌
나보다 유리한 고지에 있는 거지. 내가 대책을
세울 때까지 즐겨보라고. 그럼 잘 가.

(각자 퇴장)

(팔라몬은 덤불 속으로)

2장

간수의 딸 줄칼을 들고 등장.

간수의 딸 내가 일러준 덤불숲을 잘못 알고
제멋대로 가버렸네. 아침이 다 되가는데.
할 수 없지. 밤이 끝없어 어둠이 지상을
지배한다면 좋을 텐데. 들려, 늑대 소리!
슬픔으로 내 맘속에 공포는 죽었고, 한가지
말고는 신경 쓰이는 게 없어—팔라몬 말이야.
그이가 줄칼을 받을 수만 있다면 늑대가
날 뜯어 먹어도 상관없어. 아주 큰 소리로
외쳐볼까? 그건 못하고. 오우~하고 소리치면
어떨까? 그이가 대답을 못하면,
늑대만 끌어들여 괜히 일만 만들겠지.
긴 밤 내내 기이한 울부짖음을 들었는데.
늑대들이 그를 잡아먹은 건 아닐까?
무기도 없고 달리지도 못하잖아. 족쇄가 덜컹거려
맹수들이 듣고 몰려올 테지. 야수들은 적이
무방비한 것을 직감으로 알고 저항의 낌새도
냄새로 알지. 거의 기정사실이야,
갈가리 찢어졌을 거야. 여러 놈이 함께

으르렁거리며 잡아먹은 거야. 그만 하자.
용감히 조종이나 울리자. 난 어떻게 될까?
그분이 없으면 모든 게 다 쓸모없지.
아냐, 아냐, 내가 거짓말하는 거야. 아버지는
탈옥으로 교수형을 당하거나, 목숨을 중히 여겨
내가 한 짓을 부인하면 거지가 되겠지.
열 번 죽어도 그럴 수 없어. 어지러워 죽겠네.
이틀 동안 곡기 하나 못 먹고,
물만 홀짝였더니. 눈물을 없애려고 감을 때
빼고는 눈도 붙이지 않았지. 아아,
목숨아, 스러져 없어져라. 정신 줄을 놓지 말자.
이러다 물에 빠지거나, 자결하거나 목매면 안 돼.
오, 내 안에서 타고난 모든 것이 시들고
멀쩡하던 사지도 뒤틀리는구나. 어디로 가지?
가장 좋은 길은 곧장 무덤으로 가는 길인데,
갓길로 빠지는 걸음마다 다 고통이지. 봐봐!
달도 지고, 귀뚜라미는 울고, 부엉이도 새벽이라
외쳐대네. 모든 일은 다 끝났는데,
나만 끝내지 못한 거야. 결론은 이것,
끝! 그게 다야.

(퇴장)

3장

아시테가 음식과 술과 줄칼이 들은 꾸러미를 들고 등장.

아시테 여기쯤 인데. 어이, 사촌 팔라몬!

팔라몬 덤불에서 나오며 등장.

팔라몬 아시테.
아시테 나야. 음식과 줄칼을 가져왔어.
겁내지 말고 나와. 테시우스는 없어.
팔라몬 아주 정직한 사람도 없지, 아시테.
아시테 그건 중요하지 않고.
나중에 따져보고. 용기를 내서 나와.
이렇게 짐승 꼴로 죽어서는 안 되지. 자, 마셔.
기운이 없는 거 알잖아. 그런 뒤에 얘기 더 해줄게.
팔라몬 아시테, 나를 독살하려는 걸 수 있잖아.
아시테 그럴 수도 있지.
하지만 먼저 네 걱정을 해야지. 앉아, 제발.
쓸데없는 얘긴 그만하자. 우리의
옛정을 생각해서 바보나 겁쟁이
같은 말을 그만하자. 건강을 위해!

팔라몬 먼저 마셔.

(아시테 마신다.)

아시테 자 이제, 제발 앉아, 내 부탁할게.
너의 모든 정직과 명예에 걸고
그 여자 얘기는 꺼내지 말고—방해되니까.
시간은 충분해.

팔라몬 그렇다면, 너에게 건배.

(팔라몬 마신다.)

아시테 쭉 시원하게 마셔. 이봐, 힘이 솟을 거야.
속이 풀리는 게 느껴지지?

팔라몬 기다려, 한두 잔 더 마시고
얘기해 주지.

(팔라몬 마신다.)

아시테 남기지 말고.
공작님에게 많이 있으니, 사촌. 이제 먹어.

팔라몬 그래.

(팔라몬 먹는다.)

아시테 식욕이 왕성한 걸
보니 내 기분도 좋다.

팔라몬 내 분도 삭힐 고기가 있으니
나는 더 좋네.

아시테 사촌, 이런 황량한 숲에
기거하는 건 미친 짓 아냐?

팔라몬 양심이
음흉한 자에게는
그렇지.
아시테 음식 맛은 어떠냐?
배고프니 양념은 필요 없어 보이네.
팔라몬 응, 별로.
양념이 필요해도, 네 양념은 너무 시지, 이 친구야.
이건 뭔가?
아시테 사슴고기야.
몸에 좋은 고기지.
술 좀 더 줘. 자, 아시테. 한창 때 우리가 알고
지내던 계집들을 위해! (마신다.) 궁실장관 딸이 있었지.
기억 나?
아시테 먼저 마셔, 사촌.
팔라몬 걘 검은 머리 남자를 좋아했지.
아시테 그랬지. 근데 왜?
팔라몬 그자가 아시테라는 얘길 들었지. 그리고...
아시테 다 말해봐!
팔라몬 둘이 정자에서 만났다지.
거기서 뭐 했어, 사촌? 작은 풍금을 갖고 놀았지.
아시테 그런 걸 갖고 놀았지.
팔라몬 그 때문에 한 달, 아니 두세 달
그리고 열 달을 끙끙댔지.

아시테 내 기억엔, 제독의 딸도
한몫했던 것 같은데, 사촌. 아니면
말도 안 되는 소문이 돌았겠어. 걔를 위해 건배할래?

팔라몬 그러지 뭐.

(둘 다 마신다.)

아시테 갈색 머리의 예쁘장한 계집이었지. 한 번은
젊은 사내들이 사냥을 갔었지. 숲에
커다란 자작나무가 있고, 거기서 소문이 났지.
휴우~!

팔라몬 분명 에밀리아 때문이지! 멍청이,
이런 억지 농담 집어치워. 다시 말하지만,
에밀리아 때문에 한 숨 쉰 거지. 야비한 놈,
먼저 약속을 깨다니?

아시테 헛다리짚었어.

팔라몬 하늘과 땅에 맹세코
넌 정직한 구석이 하나도 없어.

아시테 이제 가야겠군.
넌 지금 짐승 같아.

팔라몬 배신자. 네가 그렇게 만든 거잖아.

아시테 (꾸러미를 가리키며) 필요한 것 다 있어. 줄칼이랑 옷이랑 향수까지.
한두 시간 뒤 다시 올게. 모든 문제를
잠재울 걸 가지고.

팔라몬 칼과 갑옷이지.

아시테 내 걱정 말고. 지금 너 너무 끔찍해. 잘 있어.

족쇄를 벗고. 부족한 게 없이 갖다 줄게.

팔라몬 야!

아시테 더 이상 안 들을래. (퇴장)

팔라몬 약속 지키면 죽는데.

(퇴장)

4장

간수의 딸 등장.

간수의 딸 너무 추워, 별빛마저 모두 사라졌네.
작은 별들까지 모두, 은박 같던 별들도.
해님은 내 못난 짓을 다 보았지. 팔라몬!
아, 여기 없고, 하늘에 있지. 여기가 어딜까?
저기 바다와 배가 있는데, 마구 요동치네!
물 밑엔 암초가 노려보며 도사리고 있지.
이런, 이런, 배가 암초에 부딪치네. 이런, 이런, 이런
금이 가서 물이 샌다. 대단한 데. 사람들이 울부짖네!
바람 앞에 돛을 펴야지. 안 그럼 다 잃을 텐데.
작은 돛을 올리고 방향을 돌려, 애들아!
잘 자, 잘 자, 너희들도 사라졌구나. 너무 배고파.
괜찮은 개구리라도 만나면 좋겠다. 온 세상의
소식을 내게 전해주겠지. 그러면 난 조개껍질로
커다란 배를 만들어, 동으로 북동쪽으로
피그미족의 왕에게 나아갈 텐데.
용한 점쟁이니까. 십중팔구
우리 아버진 내일 아침이면 바로
형틀로 끌려가겠지. 아무 말도 안할 거야.

(노래한다.)

푸른 치마 무릎 위로 한 뼘 올려 자르고,
금발 머리 눈 밑 한 치까지 짧게 잘라야지.
　헤이 노니, 노니, 노니.
하얀 수말을 하나 사주면, 타고 나가서
그이를 찾아야지, 세상이 아무리 넓다 해도.
　헤이 노니, 노니, 노니.
나이팅게일처럼 밤에도 가슴을 찌를
꼬챙이가 있었으면. 아니면 곯아떨어질 테니.

(퇴장)

5장

학교 선생 제럴드와 5명의 시골사내 모리스 춤 복장으로 등장.
원숭이 같은 한 명과 5명의 여인들, 그리고 북재비 등장.

선생 그만, 그만. 이게 무슨 지루하고 바보 같은 짓이야! 내가 그렇게 오래 정성껏 젖 먹이듯이 기본을 가르쳤잖아? 빗대어 말하면, 내가 알고 있는 진국과 골수까지 다 전해줬잖아? 근데 아직도 '어디?' '어떻게?' '뭐 때문에?'라고 묻는 거냐? 이런 헐렁이 거지발싸개, 싸구려 멍청이들아! 내가 '이건 이렇게', '저건 저렇게' '그 다음엔 이렇게' 라고 말했잖아? 근데 한 명도 말귀를 못 알아 먹냐? '오, 갓, 헬프 미.' 정말 돌대가리야. 내가 뭐 때문에 여기 있는 거지? 공작님이 오시면, 니들은 저기 덤불에 숨어있어. 공작님이 당도하면 내가 맞이하며, 유식한 말과 비유를 써가며 말씀드릴 테니. 그분께서 듣고서, 끄덕이며 '으흠' 한 뒤에, '특이하군' 하고 외치실 거야. 그럼 내가 계속 말을 할 거야. 마침내, 내가 모자를 벗어 던지면, 그걸 보고, 너희들은 예전에 멜리거와 멧돼지가 그랬던 것처럼 공작님 앞에 멋지게 등장하는 거야, 충실한 백성답게 말이야. 그리고 춤을 출 자리를 잡고, 멋지게 한 무리가 되어 스텝을 밟으며 돌란 말이야, 애들아.

시골사내 1 끝내주게 해낼 게요, 제럴드 선생님.

시골사내 2 다들 모이라고 해. 북재비는 어디 있어?

시골사내 3 어이, 티모시!

북재비 여기 있어, 정신 나간 놈들아. 난 준비됐다.

선생 그런데, 여자들은 어디 있냐?

시골사내 4 프리즈와 마들린은 여기 있어.

시골사내 2 다리가 하얀 어린 루스와 깡충대는 바바라도 있고.

시골사내 1 절대 선생님을 실망시키지 않는 주근깨 넬도 있어.

선생 얘들아, 리본은 어디 두었냐? 몸을 헤엄치듯 사랑스러우면서도 매끄럽게 움직이란 말이야. 가끔은 몸을 숙였다가 뛰어오르고.

넬 우리한테 맡겨 두세요, 선생님.

선생 다른 악사들은 어디 있어?

시골사내 3 분부대로 여기저기 흩어져 있지요.

선생 그럼 짝을 지워주고, 부족한 게 뭐가 있나 보자. 원숭이는 어디 있어? 이보게, 꼬리를 흔들되, 마님들이 기분 상하거나 추하게 느끼지 않게 하고, 재주를 넘을 때는 대담하고 사내답게 분명히 하라고. 짖을 때는 잘 판단해서 하고.

바비온 알겠습니다, 선생님.

선생 "쿼 우스퀘 탄뎀?"[18] 여자가 한 명 모자라네.

시골사내 4 헛물만 켰네. 다 글러 먹었군.

교사 배운 사람들의 말로는 완전히 시간낭비만 한 거지. 우리가 우매한 거였고, 쓸데없이 힘만 뺀 거지.

시골사내 2 건방지고 너저분한 계집년 같으니. 오겠다고 철석같이 약속

---

18. 캐틀린을 공격하는 시세로의 첫 문장으로 "얼마나 오래 (고생을 해야 하나)?"의 뜻이다.

해놓고. 시슬리지, 바느질집 딸년 말이야. 다음에 일감으로 개가죽 장갑이나 줘야겠다. 아니, 한 번만 더 어기면. 아르카스, 너도 알지? 약속을 안 어기겠다고 그 계집이 술과 빵을 걸고 맹세했잖아.

선생 여자와 뱀장어들은 꼬랑지를 이빨로 잡지 못하면 다 빠져나간다고 유명한 시인이 말했었지. 원래부터 이 일은 글러먹은 거야.

시골사내 1 매독이나 걸려버려라! 이제 꽁무니를 빼?

시골사내 3 어떻게 하실 거요, 선생님?

선생 없지 뭐. 우리의 거사가 헛수고가 된 거지. 그래, 속상하고 불쌍한 헛수고 말이야.

시골사내 4 자, 우리 마을의 체면이 달려 있는데, 짜증내면서 서로 으르렁거려 뭐해? 갈 테면 가. 잊지 않고 그대로 갚아주지.

간수의 딸 등장.

간수의 딸 (노래하며)

조지 알루 선이 남에서 오네
　바바리-아 해안에서 오네
그이는 군함들을 거기서 만났지,
　하나씩, 둘씩, 세씩이-나.

"어서 와요, 어서 와, 멋진 배들이여,
　이제 어디로 향해 가나요?
오, 저도 같이 가게 해줘요,
　얕은 물길에 다다를 때까지."

바보 세 명이 올빼미 하나 때문에 의가 상했다지.

(노래한다.)

한 놈은 올빼미라고 말했고
다른 놈은 아니라고 말했지,
세 번째 놈이 매라고 하며,
방울이 잘려나간 거라 했지.

시골사내 3 저기 곱상하게 미친 여자가 오네요, 선생님. 완전히 삼월 토끼처럼 미쳐 날뛰며 오네요. 쟤가 같이 춤추면 우리 다시 짝이 맞네요. 장담하건대, 끝내주게 날뛰듯 추겠는데요.

시골사내 1 미친년이라? 이보게들, 우린 살았네.

선생 착한 아가씨, 정말 미친 거요?

간수의 딸 아니면 섭섭하죠. 손을 줘보세요.

선생 왜요?

간수의 딸 손금을 봐드릴게요.
바보로군요. 열을 세세요. 당황스럽죠, 어서요!
이봐요, 흰 빵을 먹으면 안 되겠군요. 그랬다간
이빨에서 피가 철철 날 거예요. 우리 춤출까요, 오호?
당신을 알아요. 땜장이죠. 어이 땜장이,
꼭 할 게 아니라면 구멍은 이제 그만 막어.

선생 "오, 마이 갓" 아가씨, 땜장이라고?

간수의 딸 아니면, 요술쟁이?
내게 악마를 불러 일으켜, 종과 뼈에 맞춰
"치 파사"를 연주하라고 해.[19]

선생 재를 데리고 가서 잘 구슬려서 조용히 시켜.
"에트 오퍼스 엑서기, 쿼드 넥 이오비스 이라, 넥 이그니스."[20]
북을 쳐, 그리고 그녀를 끌고 들어가.

(음악을 연주한다.)

시골사내 2 자, 아가씨, 한번 춰보자고.

간수의 딸 내가 리드하죠.

시골사내 3 그래, 그래.

(모두 춤을 춘다.)

선생 솜씨 좋게 그럴듯하게.

(사냥 나팔이 울린다.)

어서 가자, 애들아. 사냥 나팔 소릴 들었어. 잠시 생각할 시간을 다오. 각자 차례를 지키고.

(선생만 빼고 모두 퇴장)

팔라스여, 영감을 주오.

테시우스, 피리서스, 히폴리다, 에밀리아 그리고 시종들 등장.

테시우스 사슴이 이 길로 갔는데.

선생 잠시 서서 배우시오.

---

19. "치 파사"는 "누가 지나가는 거야?"란 뜻의 노래로 16세기 유럽에서 유행하던 춤곡이다.
20. 원래 오비드의 『변신』의 에필로그에 나오는 대사이나 선생이 바꿔 말하고 있다. 선생의 말은 "그리고 이제 내 일은 끝났으니, 주피터의 분노도 불도 망치지 못하리라."라는 뜻이다.

테시우스 이게 뭔가?

피리서스 맹세코, 촌것들의 놀이죠.

테시우스 그럼, 계속하게. 우리도 배워볼 테니.

(의자와 자리를 마련한다.)

부인들, 앉으시오. 잠시 쉬어갑시다.

선생 용감무쌍한 공작님, 어서 오십시오. 고운 부인네들, 어서 오십시오.

테시우스 시작이 썰렁하군.

선생 좀 봐주시면, 저희 시골 놀이는 잘 될 겁니다. 여기 모인 저희 몇 사람은 무식한 말로 '촌놈'이라 불리는데, 꾸민 이야기가 아니라 이실직고 한다면, 저희는 신나는 놀이패, 또는 오합지졸이나, 악극단, 또는 빗대어 말해 합창단이지요. 공작님의 존전에서 모리스 춤을 추겠습니다. "훈장"이라는 칭호로 이들 모두를 이끄는 걸 맡고 있는 제가, 어린 것들 바지에 회초리를 내리치고, 큰 애들은 몽둥이로 길들이는 제가, 여기 이 기획과 고안을 연출해 바칩니다. 고귀하신 공작님, 용맹으로 두려운 명성이 디스에서 디달러스까지,[21] 그리고 이 기둥에서 저 기둥까지 널리 세상에 퍼지신 분이니, 불쌍하나 뜻은 갸륵한 백성인 저를 도와, 반짝이는 눈으로 우리의 중차대한 "모리"를 똑바로 잘 봐주소서. 이제 끝 글자를 붙여서 "스"가 들어오면, "모리스 춤"이 되고, 즉 저희가 여기 모인 이유죠. 우리 놀이의 줄거리는 공들여 궁리한 것으로 무례하고, 상스럽고, 어리숙하지만 제가 먼저 등장해서, 귀하신 전

---

21. 디스는 로마 시대 지하 세계의 신으로 디달러스가 그의 아들 이카루스와 함께 날개를 만들어 도망친 미로를 만든 신이다.

하 앞에서 그 취지를 말하지요. 그 다음에는 오월의 왕과 화사한 왕비와, 궁녀와 궁신이, 밤마다 조용한 벽걸이 그림 뒤로 찾아 들죠. 그 다음에는 저희 객주와 뚱보 마누라가 손수 돈을 쓰며, 발병 난 여행자를 맞이하고, 손짓 하나로 술청에게 계산을 부풀리라고 눈치를 주죠. 그러면 소젖을 먹는 촌놈과 광대가 나오고, 긴 꼬리와 긴 연장을 지닌 원숭이와, 춤을 이루기 위한 기타 등등이 나옵니다요. "좋다"라고 말만하시면 곧바로 나올 겁니다.

테시우스 훈장 양반, 좋다, 어쨌든 좋다.

피리서스 앞으로!

선생 (학생들을 부르듯 두드린다.) 애들아, 입장! 앞으로 나와 장단에 놀아보자.

춤꾼들이 등장, 음악과 춤.

마님들, 저희가 흥겹고 얼싸 어기 어기둥 후렴에 맞춰 기쁘게 해 드렸다면 이 선생이 아주 촌놈은 아니라고 말해주세요. 공작님, 저희가 공작님도 기쁘게 해드리고 착한 애들이 하는 만큼 잘했으면 메이폴 놀이를[22] 하게 나무 한두 개만 주십시오. 또 다시 한 해가 다 가기 전에 저희는 공작님과 일행에게 기쁨을 드리리다.

테시우스 스무 개라도 가져가게, 선생. (히폴리타에게) 여보 당신은 어땠소?

히폴리타 이렇게 즐거운 적이 없었죠.

에밀리아 굉장한 춤이었어요.

그리고 서론도 이 이상 멋질 수 없죠.

---

22. 기둥을 높이 세우고 꼭대기에 다양한 색의 끈을 달아 춤꾼들이 끈을 잡고 돌면서 추는 춤이 섞인 민속놀이.

테시우스 선생, 고맙네. 모두에게 상을 내려라.

피리서스 (돈을 주며) 이거 가지고 메이폴에 칠이라도 하게.

테시우스 이제 우리 놀이로 돌아가자.

선생 좇으시던 사슴이 오래 견디고, 사냥개들은 날쌔고 튼튼하길 바라옵니다. 개들이 지체 없이 사슴을 죽여, 마님들이 불알을 드실 수 있기를 바랍니다.

(사냥 나팔 소리 들린다.)

(테시우스와 그의 무리 퇴장)

자, 우리도 수지맞았다. 신들께 맹세코, 너희들도 보기 드물게 잘 추었다, 애들아.

(퇴장)

6장

팔라몬 덤불에서 등장.

팔라몬 지금쯤 사촌이 칼 두 자루와
갑옷 두 벌을 가지고 여기로
다시 오겠다고 약속한 시간인데.
그걸 어기면, 사내도 무사도 아니다.
그가 떠날 때, 일주일 내에 잃었던
기운을 되찾기는 힘들 것 같았지.
너무 기운이 빠지고 축 쳐졌었지.
아시테, 고맙다. 넌 공정한 적이야.
이제 기운이 나고, 다시 한 번
위험도 이겨낼 수 있을 것 같아.
더 이상 지체하다 세상 사람들이
알게 되면 무사가 아니라 돼지처럼
살만 쪄서 싸울 뜻도 없다고 할 거야.
그러니 축복된 아침도 오늘로 끝이야.
그가 거부한 칼이 버텨주면 그놈을 죽여주지.
그게 정의지. 사랑과 행운이여, 내게 있으라.

아시테 칼과 갑옷을 들고 등장.

안녕한가?
아시테 안녕, 사촌.
팔라몬 너무 고생시키는 것 같은데.
아시테 사촌, 이런 고생이야 명예를 얻기 위한
빚이며 의무에 불과하지.
팔라몬 다른 일에도 그랬으면 좋으련만. 네가 나를
도움이 되는 적으로 여겨야 하는 만큼
착한 사촌이어서, 내 칼날이 아닌 포옹으로
감사할 수 있으면 좋으련만.
아시테 어느 쪽이든 다 잘된 거고
귀한 보답으로 여기겠네.
팔라몬 그러면 내 빚을 갚아주마.
아시테 이렇게 상냥한 말로 덤비니, 여자보다
더 얌전해 보인다. 명예로운 것을
중시하니 더 이상 성내지 말자.
수다가 체질이 아니지. 둘 다 무장과
채비를 한 뒤에, 두 밀물이 만나듯
분노를 뿜으며 격렬하게 붙어보자고.
누가 이 아름다운 여인을 진정으로
차지할 자격이 있는지 알게 되겠지.
어린 소녀와 학생들에게 어울리는 욕이나,
비웃음이나, 일신에 대한 흉을 보거나,
괜히 이죽대지 말고 단숨에 가리자,

네 건지 내 건지. 준비되었나?
아직 옛날만큼 힘을 추스르지 못해, 준비가
안 됐다고 생각하면, 좀 기다리며, 매일같이
시간이 날 때마다 와서 건강해지도록 이끌어주지.
개인적으로 친구라서, 답답해 죽는 한이 있어도
그녀를 사랑한다는 걸 함구할 수도 있었지만
내 사랑이 정당한 걸 밝히려면
어쩔 수 없지.

팔라몬 아시테, 너무나 용감한 적이라 사촌인
나 말고는 누구도 널 못 죽이겠지. 난 건강하고
싸울 준비가 됐다. 무기를 골라라.

아시테 네가 먼저 골라.

팔라몬 예의도 더 차리려는 거냐? 아니면 내가
봐주길 바라는 거냐?

아시테 사촌, 그런 생각이라면,
헛짚은 거야. 나도 무사로서 절대
봐주지 않겠다.

팔라몬 말 잘했다.

아시테 보면 알 거다.

팔라몬 그럼 나도 정직한 인간으로서 온당한
마음으로 사랑을 하는 거니, 온당하게 널
처벌해주마.

(그가 갑옷 하나를 고른다.)

이걸로 하겠다.

아시테 (남은 갑옷을 가리키며) 그럼 이게 내 거군.
너 먼저 입혀줄게.

팔라몬 그래.

(아시테 팔라몬의 갑옷을 입혀준다.)

근데 사촌, 말 해줄래?
어디서 이렇게 좋은 갑옷을 구한 거냐?

아시테 공작님 거야.
솔직히 잠시 슬쩍했지. 내가 너무 꽉 조였냐?

팔라몬 아니.

아시테 너무 무거운 거 아냐?

팔라몬 내가 더 가벼운 것을 입곤 했는데.
이것도 괜찮아.

아시테 단단히 채워줄게.

팔라몬 당연하지.

아시테 기마전용 흉갑도 있으면 좋겠어?

팔라몬 아니, 말은 안 쓸 거잖아. 너야 말 타고
싸우고 싶겠지만 말이야.

아시테 난 상관없어.

팔라몬 나도 상관없어. 사촌, 혁대를 확실히
끝까지 조여 줘.

아시테 나만 믿어.

팔라몬 이제 투구.

아시테 맨 팔로 싸울 거야?

팔라몬 그게 더 날쌔겠지.

아시테 하지만, 장갑을 껴라. 장갑이 너무 작네.
내 걸 껴봐, 사촌.

팔라몬 고마워, 아시테.
어때 보이냐? 많이 여위었니?

아시테 사실 아주 조금. 사랑이 그래도 잘 해주었군.

팔라몬 맹세하건데, 정통으로 내려칠 거야.

아시테 그래, 봐주지 말고.
착한 사촌, 내 기회를 줄 테니.

팔라몬 이제 네 차례야.

(팔라몬이 아시테의 갑옷을 입혀준다.)

내 생각엔, 이 갑옷은 옛날에 세 왕을 무찌를 때
입었던 것과 비슷한데, 좀 더 가볍지만.

아시테 참 좋은 거였지. 나도 그날을 잘
기억하는데, 넌 나를 능가했었지.
그렇게 용맹한 걸 본적이 없어.
적의 좌익을 공격할 때,
나도 따라가려고 힘껏 박차를 가했지.
말이 아주 좋은 말이었었지.

팔라몬 정말 그랬었지.
내 기억엔, 연한 갈색 말이었지.

아시테 맞아. 하지만
모든 게 다 헛수고였지. 네가 너무 앞서 나가

난 쫓아가지도 못했지. 그냥 조금
흉내만 내다 끝났지.

팔라몬 폼은 훨씬 좋았지.
겸손하기는.

아시테 네가 먼저 공격하는 걸 보며
부대에 무슨 엄청난 벼락이 떨어지는 줄
알았지.

팔라몬 하지만 그보다 먼저 네 용기가
번갯불처럼 앞질렀지. 잠깐 있어봐.
이거 너무 꽉 끼지 않니?

아시테 아니, 아니, 괜찮아.

팔라몬 내 칼 말고 무엇에도 다치지 않으면 좋겠다.
찰과상은 불명예이지.

아시테 이제 완벽해.

팔라몬 그럼 저기 가서 서.

아시테 내 칼을 가져라. 이게 더 좋거든.

팔라몬 고마워. 하지만 그냥 가져. 네 목숨이 달린 거잖아.
여기도 하나 있고, 제구실만 한다면 더 바랄 게
없어. 명분과 명예여, 절 지켜주소서.

아시테 사랑이여, 절 지켜주소서.

(둘이 각기 머리 숙여 인사하고, 앞으로 나와 선다.)

더 할 말 있냐?

팔라몬 이 말만하고 더 이상 안 하겠다. 너는 숙모의 아들이고 흘리게 될 피도 서로 나눈 사이다.
내 안에 너의 피가, 네 안에 내 피가 흐른다.
내 손에 칼이 있고 네가 날 죽이면,
나와 신이 용서할 것이다. 명예롭게 잠든
자를 위한 자리가 마련되어 있다면,
지쳐 쓰러진 영혼이 그 자리를 얻길 바란다.
용감하게 싸워라, 사촌. 고귀한 손을 달라.

아시테 여기 있다. 팔라몬. 더는 이 손을 이토록
다정하게 내밀진 못하겠지.

팔라몬 신의 가호가 있기를.

아시테 내가 쓰러지면, 날 저주하며 겁쟁이라 불러라.
공정한 결투에서 죽어야할 자는 겁쟁이뿐이다.
다시 한 번 잘 지내, 사촌.

팔라몬 안녕, 아시테.

(둘이 결투한다. 안에서 사냥 나팔 소리. 멈춘다.)

아시테 아, 사촌, 봐봐, 멍청하게 굴다가 망했다.

팔라몬 왜?

아시테 공작님이신데, 말했듯이 사냥 중이셨지.
발각되면 우린 신세 망칠거야. 오,
안전과 명예를 위해 어서 덤불로
다시 숨어. 죽을 기회는 한참 많다는 걸
알게 될 거야. 발각되면 탈옥한 죄로
넌 바로 죽는 거야. 난, 네가 고발하면,

추방령을 능멸한 죄로 죽게 돼.
그러면 세상 사람들이 우릴 비웃으며,
우리가 고결한 이유로 분쟁을 했어도
일처리가 유치했다고 말할 거야.

팔라몬 아냐, 사촌.
더 이상 숨지 않고 또 다른 결투를 위해
이 위대한 모험을 미루지도 않을 거야.
네가 무슨 수를 쓰려는지 왜 그런지 알겠다.
지금 물러서는 자에겐 수치뿐이다. 당장
싸울 자세를 취해라.

아시테 미쳤냐?

팔라몬 아니면 이 시간을 유리하게 이용해야지.
내 운명을 걱정하면 했지, 당장 무슨 일이
닥칠지 걱정 않겠다. 약해빠진 녀석, 알아둬,
난 에밀리아를 사랑하고, 그 이유로 너와
모든 장애물을 다 묻어버리겠다.

아시테 될 대로 되라지.
팔라몬, 알게 되겠지만, 이야기나 잠이나
죽음이나 마찬가지다. 내가 겁나는 건 바로
우리 종말에 대한 명예를 법이 차지하는 거지.
목숨이나 지켜라.

팔라몬 네 목숨이나 조심해라, 아시테.

(둘이 다시 싸운다.)

나팔 소리. 테시우스, 히폴리타, 에밀리아, 피리서스
그리고 시종들 등장.

테시우스 도대체 무슨 무지하고 정신 나간 악독한
반역자들이기에, 여기서 법의 뜻을 어기고
나나 군담당관의 허락도 없이
기사 차림으로 결투를 하는 거냐?
기필코, 둘 다 죽어 마땅하다.

팔라몬 테시우스 공, 잠시 멈추시지요.
저희 둘 다 반역자이고 공작님의 뜻과 호의를
능멸한 자들이 맞습니다. 전 팔라몬이라 하고
공작님을 사랑할 수 없으며, 탈옥까지 한 자입니다.
응당 받을 벌을 아시겠지요. 그리고 이자는 아시테입니다.
그보다 더 대담한 반역자가 공작님의 땅을 밟은 적 없고,
더 거짓된 친구도 없지요. 이자는 간청에 의해
추방을 당한 자이지만 공작님과 공작님의 명을
능멸하고 이렇게 위장을 하고, 칙령까지 어기면서
공작님의 처제인, 저 빛나는 행운의 별,
아름다운 에밀리아를 따르는 자입니다.
먼저 보고 영혼을 바칠 권리가 인정된다면
제가 마땅히 그 여인의 종복이 돼야겠지요.
그런데 담대하게도 이자는 에밀리아를
자기 여인이라 우기지요. 가장 충직한 연인으로
이 기만에 대한 응당한 대가를 요구했지요.

세상에 회자되듯 위대하며 덕망이 높고,
모든 억울함을 바로 잡아 주시는 분이라면
"다시 싸우라"고 명해주십시오. 그러면, 테시우스공,
공께서도 부러워할 정의를 실천해 보이겠습니다.
그 다음에 제 목숨을 취하십시오. 이렇게 간청 드립니다.

피리서스 오 세상에,
어찌 인간이 이럴 수 있다니!

아시테 동정의 손길을 구하는 게
아닙니다, 테시우스공. 명령을 내리는 순간
저는 전혀 동요 없이 당장 죽을 수 있습니다.
이자가 저를 배신자라 하는 것에 대해선
이렇게 말하겠습니다. 사랑하고,
너무도 사랑하기에 절묘하신 미녀를 모시고,
그 사랑을 확인하려고 목숨 걸고 여기 와,
믿음으로 죽는 게 배신이라면,
제 사랑을 부인하는 사촌마저 죽일 정도로
지극정성으로 모시는 게 배신이라면
저를 극악한 배신자라 하십시오. 차라리 그게 좋습니다.
공작님, 칙령을 어긴 것에 관해서는, 왜 그렇게 아름다운지,
왜 여기 남아 사랑하라는 눈길을 보내는지
에밀리아 아씨에게 물어보세요. '반역자'라 답하면,
저는 땅에 묻힐 자격도 없는 악한입니다.

팔라몬 오, 테시우스, 자비는 베풀지 못하더라도

저희를 불쌍히 여겨 주십시오.
의로운 분이니, 비난에 고결한 귀를 막으시고,
용맹하여 열두 가지 사역으로 기억의 왕좌를
차지한 당신의 사촌을[23] 기리는 뜻에서
바로 여기서 우리 둘을 동시에 죽이시오.
다만 저자를 찰나라도 먼저 죽여 그녀를
차지하지 못한 걸 제 영혼이 알게 해주십시오.

테시우스 청을 들어주마. 사실, 네 사촌의 죄가
열 배는 더 크다. 둘 다 죄질은
다를 바 없으나, 내 그에게 더 큰 자비를
베풀었으니. 누구도 이자들을 두둔하지 말라.
해지기 전에 둘 다 영원히 잠들 것이다.

히폴리타 오, 불쌍하다! 얘야, 거절하지 못할
청이 있으면 지금 아니면 영영 하지 마라. 안 그러면
이 사촌들이 죽고 난 뒤에 훗날의 저주가 네 얼굴을
주름지게 할 수 있으니.

에밀리아 사랑하는 언니, 제 표정에는
이들에 대한 분노나 살의가 전혀 없어요.
불행히도 서로 눈에 띄어 죽게 된 거죠.
하지만 여인으로서 연민을 보여주기 위해
자비를 허락받을 때까지 무릎이 닳도록 간청할래요.

---

23. 그리스 최고의 영웅 헤라클레스를 테시우스의 사촌이라 칭하며 자신과 아시테의 관계와 대비될 수 있는 관계로 헤라클레스와 테시우스의 관계를 설정한다.

언니도 도와 이처럼 덕망 높은 행동에
모든 여인의 힘이 함께 하도록 해주세요.

(무릎을 꿇는다.)

존엄한 형부,

히폴리타 (무릎을 꿇으며) 여보, 우리 결혼의 연으로,
에밀리아 폐하의 티끌 없는 명예에 걸고,
히폴리타 맹세코,
제게 내민 고운 손길과 진솔한 마음에 걸고
에밀리아 다른 이에게 동정을 구하는 심정으로,
무한하신 덕망에 걸고,
히폴리타 용맹과,
무한한 기쁨을 드렸던 모든 정결한 밤에 걸고,
테시우스 기이할 정도로 사람을 홀리는 맹세군.
피리서스 아니, 그렇다면, 저도 동참하지요.

(무릎을 꿇는다.)

폐하, 저희 우정과 같이 겪은 위험과
가장 사랑하는 모든 것, 즉 전쟁과 이 아름다운 여인에 걸고,
에밀리아 얼굴을 붉히는 처녀를 거절하기 위해
전전 긍긍해야 하는 일에 걸고,
히폴리타 당신의 눈길과,
모든 여자와 거의 모든 남자들을 능가한다고 하셨지만
폐하께 바친 제 힘에 걸고, 테시우스공.
피리서스 화룡점정으로, 응당한 자비를 모자람 없이 갖추신

폐하의 고결한 영혼에 걸고, 먼저 청하옵니다.

히폴리타 다음으로 제 기도를 들어 주소서,

에밀리아 끝으로 제 청을!

피리서스 자비를!

히폴리타 자비를!

에밀리아 이 왕자들에게 자비를!

테시우스 그대들로 인해 내 신념이 흔들리는군. 나도 이들에게
연민을 느끼는데, 어떻게 처리하면 좋겠소?

(에밀리아, 히폴리타, 피리서스 일어선다.)

에밀리아 목숨은 살려주면서 추방령을 내리세요.

테시우스 처제는 천상 여자로군. 동정심은 있지만
어찌 쓸지는 잘 모르는 군.
살려주고 싶다면, 추방보다 확실한
방도를 구해주오. 이 둘이 살아서
사랑의 고통을 품고 지낸다면 결국
서로를 죽이지 않을까? 매일 너를 놓고
싸우고 시시때때 공공연히 칼부림으로
처제의 체면을 깎아 내리겠지. 그러니 현명하게
여기서 그만합시다. 처제의 체면과
내 명예가 걸린 일이오. 죽음을 명했으니,
서로 죽이는 것보다 법에 따라 죽는 것이 낫소.
내 명예를 구기지 마오.

에밀리아 오, 존엄한 형부,

그 명은 격노하여 성급히 내린 거지요.
이성으로 지키기 힘든 명이죠. 그 맹세가
의지의 표현으로 지켜지면, 온 세상이 파멸하겠죠.
게다가 거기에 맞설 다른 맹세가 있어요.
더 큰 권위와 더 많은 사랑으로 하신 맹세이지요.
홧김에 한 것도 아니고 신중하게 하신 맹세이지요.

테시우스 처제, 그게 뭔가?

피리서스 용감한 아가씨, 정곡을 찔러 말해주세요.

에밀리아 분에 넘치지 않으며, 형부가 흔쾌히 허락할 수 있는
청이라면 어떤 것도 거절하지 않겠다고 하셨죠.
이제 그 말씀을 지켜주세요. 못하신다면,
형부 스스로 명예를 실추시키는 거죠.
이제 작정하고 청을 드리니, 자비를 베푼다는
말 말고는 어느 말도 안 들을 거예요. 그러니
살려주는 게 제 평판과 명성을 얼마나 망칠지
말을 마세요. 저를 사랑하는 누구든
저 때문에 죽는다고요? 잔인한 말씀이군요.
수많은 꽃봉오리가 핀 어린 가지를
썩을까봐 잘라버리는 사람이 있을까요?
오, 테시우스공, 저들을 낳으며 신음한 어머니와
사랑의 열병으로 여윈 아가씨들이, 공작님이
뜻을 굽히지 않으면, 저와 저의 아름다움을 저주하겠지요.
그리고 이 두 사촌을 기리는 장송곡에 저의 무정함을

비난하며 고통의 저주를 내릴 테니, 저는
완전히 여인들의 경멸의 대상이 되고 말겠죠.
하늘을 굽어 살펴, 목숨만 살려 추방해주십시오.

테시우스 무슨 조건으로?

에밀리아 다시는 저로 인해 싸움을
하지 않고, 아는 체도 하지 않고,
이 나라에 발을 디뎌놓지 않으며,
어디를 가든 남남으로 지내겠다는
맹세를 하라 하세요.

팔라몬 그런 맹세를 하느니,
차라리 갈가리 찢기고 말겠소. 사랑을 잊으라고요?
오, 모든 신들의 경멸을 받고 말지요. 추방령은
싫지 않습니다. 그러면 계속 칼을 들고서
저희 뜻을 이룰 수 있으니까요. 아니면 놀리지 마시고
차라리 목숨을 거둬주십시오. 사랑할 수밖에 없고
사랑하겠으며, 그 사랑으로 세상 어디를 가든
제 사촌의 목숨을 빼앗고 말겠습니다.

테시우스 아시테, 너는
이 조건을 받아들이겠느냐?

팔라몬 그러면 개자식이죠.

피리서스 이자들이 인간이라니!

아시테 절대로 못하지요, 공작님. 비천하게 목숨을
구걸하느니만 못하지요. 그녀를 차지하지

못한다하더라도 사랑의 명예를 지키고,
죽음을 악귀로 만들며, 그녀를 위해
죽을 수는 있다고 생각합니다.

테시우스 어떻게 하나? 나도 마음이 흔들리는군.

피리서스 더 이상 변치 마십시오.

테시우스 에밀리아, 말해봐라.
둘 중 한 명이 죽으면, 어쨌든 한 명은 죽어야 하니,
다른 한 명을 남편으로 맞을 용의가 있는가?
둘 다 처제를 차지할 수는 없지. 네 눈으로
보기에도 늠름한 왕자들이고 명성이 말해주듯
고귀한 분들이니, 자세히 보고,
만약 사랑할 수 있다면, 이 불화를 끝내주오.
그게 내 제안이오. 너희들도 만족하느냐?

팔라몬과 아시테 영혼을 걸고 찬성합니다.

테시우스 그녀가 거절하는
자는 죽게 될 것이다.

팔라몬과 아시테 공께서 정하시는 어떤 죽음이든지요.

팔라몬 그녀 입에서 거절이 떨어져도, 호의로 받아들이지요.
아직 태어나지 않은 연인들이 제 무덤을 축복하겠지요.

아시테 저를 거절하시면, 무덤이 저를 맞이하고,
무사들이 제 비명을 노래해 주겠지요.

테시우스 선택하시오.

에밀리아 공작님, 못하겠어요. 둘 다 너무 훌륭해서,

저 때문에 터럭하나 다치게 하고 싶지 않아요.
히폴리타 그럼 이들을 어떻게 할까?
테시우스 이렇게 정한다.
명예를 걸고, 다음과 같이 정하니,
어기면 둘 다 죽으리라. 둘 다 고국으로 돌아가라.
이달 내로 각자 세 명의 기사를
대동하고서 여기로 다시 오라. 여기 내가
피라미드를 세워 놓겠다. 내 앞에서
공정하게 기사의 능력으로 상대를 기둥에
밀어붙이는 자가 그녀를 얻을 것이며,
다른 자는 머리를 잃고, 친구도 잃고
패한 것을 불평하지도 못할 것이며,
이 여인의 맘속에서 죽어 없어질 것이다.
모두 동의하느냐?
팔라몬 동의합니다. 아시테, 자.
(악수를 청하며)
그 시간까지는 다시 친구다.
아시테 그래 안아보자.
테시우스 처제도 동의하는 건가?
에밀리아 네, 그리 해야지요.
아니면 둘 다 죽으니까요.
테시우스 자, 서로 악수하고.
신사이니까 신경 써서 이 싸움을

정해진 시간까지 묻어두고, 결의를 지켜라.

팔라몬 테시우스 공, 어찌 감히 어기겠습니까?

테시우스 자, 이제

왕자와 친구로서 그대들을 대하겠소.
돌아오면, 누가 이기든지 여기 살게 해주겠소.
지는 자는, 시신에 내 눈물을 흘리리라.

(퇴장)

4막

1장

간수와 그의 친구 등장.

간수 더 들은 말 없어? 팔라몬의
탈옥과 관련해서 내 얘기 없었어?
이보게, 잘 생각해 보게.
친구 1 들은 게 없다니까.
일이 다 마무리되기 전에 난
집에 왔거든. 하지만 내가 느끼기엔,
자리를 뜰 때쯤, 두 사람 다 용서하는
분위기였어. 히폴리타 공작부인과
아리따운 에밀리아 공주가 무릎을 꿇고
너무도 간절하게 청을 하는지라
공작님도 성급히 내린 명을 따를지,
두 여인의 사랑스런 동정심을 따라야할지
망설이는 듯했지. 두 여인을 편들며,
진실로 고귀한 피리서스 공도, 공작님의
마음 한편을 차지하고 한몫 거들었으니,
모든 것이 잘 될 거라 믿네. 자네 이름이나,
팔라몬의 탈옥에 대한 건 일언반구도 없었네.

두 번째 친구 등장.

간수 그러길 천지신명께 빌 수밖에.

친구 2 이보게, 안심하게. 내가 전할 소식이 있는데,
좋은 소식이네.

간수 거 반갑군!

친구 2 팔라몬이 자네가 무죄임을 밝히고
사면을 얻어냈다네. 어떻게 무슨 수로
빠져나왔는지 밝혔는데, 바로 자네 딸이 도운 거라네.
자네 딸도 용서받았고, 포로가 딸의 선행에
배은망덕하단 욕을 안 들으려고, 상당한
결혼자금도 내놓았다네. 내 확신하건대
정말 큰돈이었지.

간수 정말 고마우이.
늘 좋은 소식을 가져다주니.

친구 1 어떻게 결말이 났나?

친구 2 그야 순리대로 되었지. 이루지 못할
청을 하는 사람들이 아니니, 응당 소청이 수락되어,
죄인들은 목숨을 부지했다네.

친구 1 그럴 줄 알았지.

친구 2 하지만 새 조건이 있는데 그건 내
한가할 때 얘기해줌세.

간수 좋은 조건이어야 할 텐데.

친구 2 명예로운 것들이지.
얼마나 유효할지는 두고 봐야지.

구혼자 등장.

친구 1 곧 알게 되겠지.
구혼자 아이고, 따님은 어디 있어요?
간수 왜 그러나?
구혼자 오, 언제 보셨나요?
친구 2 저 꼴 좀 봐!
간수 오늘 아침에 봤지.
구혼자 괜찮던가요? 몸은 성하고요?
언제 잤죠?
친구 1 이상한 걸 다 묻는군.
간수 성치 않은 것 같네만. 자네가 그리
물으니 이제 생각나네만, 오늘
이것저것 물어보았더니, 평소와는
다르게 멍청이나 백치가 됐는지,
애처럼 어리숙하게 대답하더군,
그래서 내 버럭 화를 냈지 뭔가.
근데 걔가 어쨌다고 그러는가?
구혼자 불쌍할 따름이죠.
아시겠지만, 저한테 듣거나 저만큼
좋아하지 않는 사람한테 듣거나 매한가지지만.

간수 그래서?

친구 1 돌았다고?

구혼자 아니요, 그냥 안 좋다고요.

친구 2 안 좋다니?

구혼자 맞습니다요. 정신이 나갔죠.

친구 1 그럴 리가.

구혼자 분명 그렇다는 걸 알게 될 겁니다.

간수 자네가 얘기한대로
그럴 거라 반쯤은 짐작했지. 하느님, 굽어 살펴주소서.
팔라몬에 대한 사랑 때문이거나
그의 탈옥으로 내게 닥칠 일이 두려워서겠지.
아니면 둘 다이거나.

구혼자 그런 것 같아요.

간수 근데 왜 이리 서두르나?

구혼자 빨리 말씀드리죠. 제가 일전에 궁궐 뒤편
큰 저수지에서 낚시를 하고 있었는데,
멀리 물가 갈대와 들 쑥이 우거진 덤불에서
목소리, 아주 날카로운 소리가 들려왔죠.
전 고기를 낚느라 정신없었는데,
귀 기울여 들어보니, 노래였는데,
목소리가 작은 걸 보니 여자나
어린 아이였죠. 그래서 고기가 잡히든 말든
낚싯대를 내려놓고, 가까이 가봤더니,

들풀과 갈대가 사방으로 우거져서 소리를
내는 사람을 볼 수가 없었죠. 자리 잡고 앉아
그녀가 부르는 노랫말에 귀 기울였죠. 그때
어부들이 풀을 베어 생긴 작은 공터에서
그 여자를 봤는데, 바로 따님이었죠.

간수 어서 계속해보게.

구혼자 자꾸 노래를 불렀지만 아무 뜻도 없었죠.
되풀이해서 부르는 걸 들어보니 이렇더군요,
"팔라몬은 가버렸네, 뽕따러 숲으로 가버렸네,
내일 찾아 나서야지."

친구 1 불쌍한 것.

구혼자 "족쇄 때문에 들키겠다. 잡혀가겠지.
그럼 난 어떡해? 친구들을 데려 가야지,
나처럼 사랑하는 백 명의 까만 눈의 처녀들을.
머리에는 수선화 꽃띠를 매고,
앵두 입술과 연분홍 장미 같은 뺨을 지닌
우리 처녀들은 공작 앞에서 희한한 춤을 추며
용서를 빌어야지." 그리고는 어르신 얘길 하더군요.
내일 아침이면 목이 나갈 거라며,
어르신을 묻어줄 꽃을 따 모아야겠다고,
집안도 깨끗이 치워야 한다고. 그리고는
하릴없이, "버들아, 버들아, 버들아"를 노래하면서
사이사이 "팔라몬, 멋진 팔라몬," 혹은

"팔라몬은 용감한 청년이었지"라고 하더군요.
앉은 곳은 무릎까지 풀이 자랐고, 헝클어진
머리채는 골풀 띠로 매고 있었죠. 온몸에는
가지각색 물꽃들 수천 송이가 꽂혀있어서
제가 보기엔 호수에 물을 대는
아름다운 요정이나, 하늘에서 갓 내려온
아이리스 같았죠.[24] 주위에 자라는 골풀로
반지를 만들더니, 글귀를 새겨 넣듯
예쁜 말을 하는데, "이렇게 우리 사랑을 매듭지으니,
이것은 잃어도, 나를 버리진 마세요"라고 여러 번 말했죠.
그리고는 엉엉 울다가, 노랠 하다가, 한숨 쉬더니,
이내 같은 숨결로 미소 지며 제 손에 키스하더군요.

친구 2 오우, 정말 안됐구나!

구혼자 제가 다가가니까,
저를 보자마자 물속으로 뛰어 들었죠.
꺼내서 뭍으로 안전히 올려놓았더니,
금세 도망쳐 울부짖으며 마을로 내뺐는데,
얼마나 빠르던지 제가 한참 뒤떨어졌죠.
멀리서 서너 명이 잡으려는데,
그 중 어르신 아우님 같은 분이 잡아,
더는 못 가게 하니 그 자리에 쓰러지는 걸
보았죠. 따님을 그분들에게 맡기고 전 자릴 떠,

---

24. 아이리스는 무지개의 여신이며 주노의 전령이다.

어르신께 전해드리려 왔지요. 저기 오네요.

간수의 동생과 딸, 몇 사람 등장.

간수의 딸 (노래한다.) "다시는 빛을 즐기지 못하게 해주오..."
정말 좋은 노래죠?

간수의 동생 오, 아주 좋구나.

간수의 딸 스무 개 더 불러줄 수 있어요.

간수의 동생 그래 그럴 테지.

간수의 딸 그럼요, 정말 할 수 있어요. "빗자루"와
"멋진 로빈"도요. 아저씬 양복쟁이죠?[25]

간수의 동생 그래.

간수의 딸 제 웨딩드레스는 어디 있어요?

간수의 동생 내일 가져오마.

간수의 딸 아주 일찍 갖다 줘요. 안 그러면 밖에 나가
애들을 불러다 시인에게 돈을 줄 거예요.
동이 틀 때면 전 처녀성을 잃을 거예요.
아니면 일을 그르치는 거죠. (노래한다.) "오, 예쁘고, 고운"

간수의 동생 (간수에게) 어찌하겠소, 참아야지.

간수 맞는 말이네.

간수의 딸 좋은 밤이죠, 아저씨들. 팔라몬이란 젊은이를

---

25. "빗자루(the Broom)"과 "멋진 로빈(Bonny Robin)"은 당대의 대중적인 노래로 '로빈'과 '빗자루'는 성적인 암시를 한다.

아시나요?

간수 그래, 얘야, 알다마다.

간수의 딸 정말 멋진 신사분이죠?

간수 아가야, 그렇지.

간수의 동생 절대 거스르지 말아요. 그럼 지금 보는 거보다
훨씬 더 나빠져 성질을 부리거든요.

친구 1 (간수의 딸에게) 그래, 멋진 신사지.

간수의 딸 오, 그렇죠? 아저씨도 여동생이 있지요.

친구 1 그럼.

간수의 딸 하지만 그이를 절대 못 차지할 거라 분명히 해두세요.
제가 계략을 알고 있거든요. 잘 간수하는 게 좋을 거예요.
한번만 그이를 봐도, 완전히 돌아, 한 순간 끝장이 나,
완전히 망할 테니. 동네의 젊은 처녀들이 모두
그이와 사랑에 빠졌지만, 전 그냥 비웃으며
그렇게 좋아하라 내버려두죠. 잘하고 있죠?

친구 1 물론이지.

간수의 딸 그이 때문에 애를 밴 처녀도 이백 명이 넘죠.
아니 사백 명이 될 걸요. 하지만 전 입을 꾹 다물고 있죠.
마치 조개처럼 말이에요. 모두 다 아들이죠.
그이의 비법이지요. 열 살이 되면
모두 거세를 해서 테시우스의 전쟁을
기리는 노래를 하게 만들어야죠.

친구 2 참 기이하군.

간수의 동생 듣기만 하고 아무 말 마세요.
친구 1 알았소.
간수의 딸 이 나라 방방곡곡에서 몰려오지요.
제가 장담하건대, 어젯밤에도 한 스무 명을
단번에 해치웠죠. 몸이 성할 때는
한두 시간 만에도 거뜬히 해치울 수 있죠.
간수 정신이 나가도
완전히 나갔군.
간수의 동생 하느님 맙소사.
간수의 딸 (간수에게) 이리 와 봐요. 당신은 지혜로운 분이죠.
친구 1 애비를 알아보는 건가?
친구 2 아닐세. 그랬으면 오죽 좋겠나.
간수의 딸 배의 선장이죠?
간수 그렇지.
간수의 딸 나침판이 어딨어요?
간수 여기 있다.
간수의 딸 북으로 맞추세요.
항로를 팔라몬이 숨어 저를 기다리는
숲으로 바꾸세요. 돛은 저 혼자 다룰게요.
자, 동지들, 모두 기운 내 돛을 올리고.
영차, 영차, 영차! 돛이 올랐다. 순풍이다. 돛 줄을 당겨.
주돛을 펴고, 선장, 호루라기는 어디 있어요?
간수의 동생 안으로 데리고 들어가자고.

간수 얘야, 돛대 위로 올라가!

간수의 동생 항해사는 어디 있소?

친구 1 여기요.

간수의 딸 뭐가 보여요?

친구 2 멋진 숲이요.

간수의 딸 선장, 그쪽으로 트시오.

바람을 따라!

(노래한다.) "킨티아가 빌어 온 빛으로…"[26]

(퇴장)

26. 킨티아(Cynthia)는 그리스, 로마 신화에서 달을 칭하는 이름이다.

2장

에밀리아가 초상화 두 장을 들고 등장.

에밀리아 허나, 나 때문에 죽도록 피 흘릴 상처는
나만이 감싸줄 수 있을 거야. 미리 선택하여
그들의 분쟁을 끝내야겠어. 그렇게 멋진 두 젊은이가
나로 인해 쓰러져선 안 돼. 그 어머니들이
싸늘하게 죽은 아들의 재를 부여잡고 통곡하며
날 잔인하다 저주하게 할 순 없어. 오, 하늘이여,
아시테는 얼굴이 너무 고와! 지혜로운 자연이
선사할 수 있는 최상의 선물로, 태어날 때
그런 아름다움을 고귀한 그의 몸에 뿌려놓았다면,
미천한 한 여인이 있어, 어린 처녀의
부끄러운 절제심이 있더라도, 틀림없이
이 남자 때문에 미쳤을 거야. 이 젊은 왕자의
눈을 봐, 얼마나 불처럼 빛나고 살아 숨 쉬듯
감미로운지! 바로 그 눈에 사랑이 미소 지으며 앉아 있지!
예전에 그처럼 짓궂은 미소년 개니미드가
주피터의 마음에 불 질러, 신마저 어쩌지 못하고
그 애를 갑자기 들어 올려 자기 옆에 두려고
하늘의 별자리로 만들었지.[27] 이마도

널찍하니 위엄이 가득하잖아! 큰 눈을 지닌
주노의 이마처럼 솟아올랐지만 펠롭스의 어깨보다
더 매끈하기 그지없지.[28] 명성과 명예도,
하늘을 향한 곶처럼 그 이마에서 뻗어 나와
날개를 치며 지상에서 신들과 그들에 견줄만한
위인들의 사랑과 전쟁을 노래하는 것 같아.
팔라몬은 그에 비하면 껍데기, 흐릿한 그림자에 불과해.
가무잡잡한데다 말라빠져서, 어미를 잃은
무거운 눈동자에, 무기력한 기질이라
팔팔하지도 민첩하지도 못하고,
아시테의 톡톡 튀는 날렵함의 흔적도 없어.
단점으로 여기는 이런 게 그에겐 어울리긴 해.
나르시서스도 슬픈 아이였지만 신성하기 그지없었지.
오, 어디로 여인의 마음이 갈지 누가 알겠어?
나야 바보라, 이성도 잃어버렸고,
선택도 못한 채, 이렇게 추잡한 거짓말을 하니
여자들한테 뭇매를 맞아도 싸. 무릎을 꿇고
팔라몬, 당신께 용서를 빌어요. 당신도
개성 있고 아름다운데. 두 눈은 아름다움을

27. 개니미드는 주피터가 사랑한 미소년으로 주피터는 그를 너무나 사랑한 나머지 올림푸스 산으로 끌어 올려 술을 따르게 했으며, 결국 "아쿠아리우스"라는 별자리로 만들었다.

28. 펠롭스는 한 쪽 어깨를 잃었지만 신들이 아주 부드럽게 상아로 그의 어깨를 만들어 주었다.

밝히는 두 등불로, 사랑을 명하기도 하고
위협하기도 하죠. 미천한 소녀가 어찌 거스르겠어요?
팔라몬, 당신의 구릿빛 얼굴은 용맹한 위엄이 있고
매력적이지. 오, 사랑의 신이여, 이제부터 전
이런 얼굴빛만 사랑하리라. 아시테, 그냥 거기 있어.
팔라몬의 고귀한 몸에 비하면 그대는 덜떨어진 아이요,
집시에 불과해. 나야말로 정말 미련하기 짝이 없어.
완전히 정신이 나가 처녀의 정조조차 떠나버렸군.
형부가 당장 누굴 사랑 하냐고 묻는다면
아시테 때문에 완전히 미쳤다고 말하겠지.
근데 언니가 물으면, 팔라몬에게 더 끌리겠지.
둘을 함께 세워놓고, 형부, 제게 물어봐요.
어쩌면 좋아, 모르겠어요. 언니, 이제 물어봐,
더 생각해보고요. 사랑은 정말 애 같아.
꼭 같이 귀여운 예쁜 장난감을 앞에 놓고
고르지 못한 채, 둘 다 갖겠다고 우는 애 같아!

신사 등장.

무슨 일이죠?

신사 존귀하신 공작님께서 보내신 소식을
가져왔습니다, 아가씨. 기사분들이 돌아오셨습니다.

에밀리아 싸움을 끝내자고?

신사 네.

에밀리아 내가 먼저 끝냈으면!
정결한 다이애나, 제가 무슨 죄를 지었기에,
저의 티 없는 젊음이 왕자들이 흘릴 피로
더렵혀져야 하죠? 왜 제 정결이
제단이 되어, 어머니를 기쁘게 해주었던
어느 누구보다 장하고 멋진 아들들이
미천한 제 아름다움에 목숨을
바쳐야하나요?

테시우스, 히폴리타, 피리서스 그리고 시종들 등장.

테시우스 어서 지체 없이
데리고 오너라. 빨리 보고 싶구나. (한두 명이 나간다.)
(에밀리아에게) 처제를 놓고 겨루는 두 연인이
멋진 기사들을 대동하고 돌아왔소. 자, 어여쁜 처제,
둘 중 한 명만 사랑할 수 있소.
에밀리아 둘 다라면 좋겠어요.
저 때문에 어느 누구도 비명에 안 가게요.

전령 등장.

테시우스 그자들을 본 자가 있는가?
피리서스 좀 전에 제가 봤습니다.
신사 저도요.

테시우스 (전령에게) 어디서 오는 게냐?
전령 두 기사님이요.
테시우스 말해 보거라.
그자들을 보았으니, 어떠하더냐?
전령 네, 제
생각을 그대로 전하겠습니다. 두 분이 데려온
여섯 명의 기사는 외모로 보면 듣고 본 중
가장 용감한 기개를 지녔죠. 아시테의
맨 앞에 선 기사는 매우 건장한 모습으로,
얼굴만 봐도 왕자인 듯합니다.
표정도 왕자임을 말해주며, 안색 또한
검기보다는 구리 빛에 가까워, 엄하면서도
고귀한 것이 힘세고, 겁이 없고, 위험도
얕잡아 보는 듯 했습니다. 둥그런 눈자위는
내면의 불길을 보여주며 성난 사자 같았지요.
머리도 길게 늘어뜨렸는데, 검게 빛나는 것이
까마귀 날개 같았죠. 어깨는 넓고 듬직했으며
팔은 길고 굵직했어요. 칼은 신기한 띠에 달아
허벅지에 찼는데, 성이나면 언제든 뜻을
펼칠 기세였죠. 양심에 걸고, 무사의 벗으로
그보다 좋은 칼을 본적이 없습니다.
테시우스 잘 설명했다.
피리서스 하지만, 제 생각엔, 팔라몬의

선봉에 비하면 많이 못 미치는 자이죠.

테시우스 그럼 자네가 그자에 대해 말해보게.

피리서스 그 역시 왕자인 듯합니다.
그것도 더 높은 왕자인데, 외모로 봐도
명예에 걸맞은 장식은 다 갖추었지요.
전령이 말한 기사보다 덩치는 다소 더 크지만
얼굴은 훨씬 곱상하지요. 안색도 농익은
포도처럼 불그레하고, 틀림없이
무엇 때문에 싸우는지를 잘 알고 있어,
기꺼이 자신의 명분으로 삼을 준비가 되어 있죠.
얼굴에도 자신이 맡은 일에 대한 확신이 뚜렷하고,
화가 나도, 차분한 기개는 사리분별에서
벗어나지 않고 육신을 다스리며 용맹한
행동으로 팔을 움직입니다. 겁도 없고,
무른 기질도 보이지 않습니다. 머리칼은
금빛 풍성한 고수머리에 빽빽이 얽혔는데,
담쟁이처럼 천둥이 쳐도 풀리지 않을 것 같았죠.
얼굴은 호전적인 여신의 제복처럼[29] 순수한 붉은 색과
흰색으로 수염이 나지 않았죠. 번득이는 두 눈에는
용기를 기리듯이 승리의 여신이 자리하고 있지요.
코도 우뚝 솟아 명예를 드러내는 징표이며,
붉은 입술은 전투가 끝나면 여인에게 안성맞춤이죠.

29. 전쟁의 여신 벨로나에게 충성을 다짐한 용사.

에밀리아 이들도 같이 죽어야 하나요?

피리서스 말을 하면, 그의 혀가
나팔 같은 소리를 내고, 사지 육신은
뭇 남자라면 갖고 싶을 정도로
튼튼하면서도 잘 빠졌죠. 황금 자루의
잘 벼린 도끼를 차고 있는데
나이는 한 스무 다섯쯤 되어 보였죠.

전령 또 한 명 있는데,
작지만 옹골찬 기운으로 다른 이들 못지않게
대단해 보였죠. 그런 몸집에 그보다 더 큰
기대를 품게 하는 사람을 본적이 없죠.

피리서스 주근깨가 난 그 사람 말이냐?

전령 바로 그분이죠.
주근깨마저 사랑스럽지 않던가요?

피리서스 그래, 썩 어울렸지.

전령 제가 보기엔,
얼마 안 되지만 고루 퍼져있어, 자연의 위대하고
아름다운 예술 같아 보였죠. 금발이지만
경망스런 옅은 금발이 아니라 사내다운
연한 갈색에 가깝고, 단단하고 날렵한 몸집은
활달한 기상을 보여주죠. 팔뚝은 근육질로
튼튼한 힘줄이 서서 어깨 갑옷을
갓 애를 밴 여인처럼 은근히 부풀린 것이,

원래 힘쓰는 것을 좋아해, 갑옷의 무게마저
아주 거뜬해 보였죠. 조용히 있으면, 대범하고
흥분하면 호랑이죠. 회색 눈빛은
정복자가 되면 온정을 베풀고, 유리한 것을
찾는데 민첩하여, 찾자마자 자기 것으로
만들 줄 알죠. 나쁜 짓을 하지도 않지만
참지도 않고, 동그스름한 얼굴로 웃을 때는
사랑하는 연인처럼 보이지만, 성이나 찌푸리면
무사가 따로 없죠. 머리에는 떡갈나무를 엮어 만든
화관을 썼는데,[30] 애인의 정표가 꽂혀 있지요.
나이는 서른여섯쯤인데, 손에는 은으로
돋을새김을 한 긴 창을 갖고 있지요.

테시우스 모두들 그와 같단 말이오?

피리서스 명예의 아들들이죠.

테시우스 내 영혼이 있는 한, 어서 그들을 보고 싶소.
(히폴리타에게) 여보, 곧 사나이들의 결투를 보게 될 거요.

히폴리타 저도 보고 싶지만
그 이유가 맘에 들지 않는 군요. 두 나라의 왕권을
차지하려고 싸우는 거라면 용감해 보이겠지요.
사랑이 그렇게 무자비하다니 정말 안쓰럽군요.
(에밀리아에게) 오, 마음씨 고운 내 동생, 넌 어찌 생각하니?

---

30. 용감한 무사는 특히 친구를 전장에서 구했을 경우 떡갈나무 잎으로 만든 화관을 받았다.

저들이 피를 흘리기 전까지 울지 마라. 어쩔 수 없는 거잖니.

테시우스 (에밀리아에게) 너의 미모로 이들이 강철같이 굳어진 거란다.
(피리서스에게) 존경하는 친구,
결투를 관장해 주시오. 그리고 결투를 할 사람들에게도
걸 맞는 채비를 해주시오.

피리서스 예.

테시우스 자, 가서 직접 만나봐야겠다. 지체할 수가 없구나.
그들에 대한 얘기로 이미 흥분이 되는구나. 등장할 때까지
성대하게 대해주시오, 친구.

피리서스 부족함이 없도록 하겠습니다.

에밀리아 (방백) 가련한 계집아, 가서 울어라. 누가 이기든
네 죄로 한 고귀한 사촌이 죽는구나.

(퇴장)

3장

간수, 구혼자, 그리고 의사 등장.

의사 달이 기우는 정도에 따라 정신이 더 오락가락 하지 않나요?

간수 계속해서 얌전하게 정신 나간 상태로 잠도 거의 안자고, 물을 마실 때 말고는 입맛도 없답니다. 딴 세상의 더 좋은 곳을 꿈꾸며, 이것저것 뜬금없이 터무니없는 말을 하면서도, 사사건건 팔라몬이란 이름을 들먹이죠. 시시콜콜한 질문마다 모두 그 이름을 대기 일쑤죠.

간수의 딸 등장.

저기 오네요. 행동만 봐도 알아볼 겁니다.

(그들이 따로 떨어져서 바라본다.)

간수의 딸 싹 다 잊어먹었네. 후렴구가 "다운-아, 다운-아"였는데. 에밀리아의 훌륭하신 선생 지랄도씨가 지으신 건데. 정말 두 발로 걷는 사내들 중에서 엉뚱하기 그지없는 분이지. 다음 세상에선 디도가 팔라몬을 보고 아에네아스에 대한 사랑을 저버릴 텐데.[31]

의사 무슨 얘기야? 가여운 것.

간수 하루 종일 저러죠.

---

31. 그리스 전설에 의하면, 디도 여왕은 방랑 중에 트로이의 영웅 아에네아스와 열렬한 사랑에 빠져, 그가 떠나자 자결을 하였다.

간수의 딸 내가 말했던 이 부적으로 치자면, 혀끝에 은화 한 닢을 물고 와야지, 아니면 나룻배를 못 타.[32] 축복받은 영혼들이 있는 곳으로 갈 기회가 생기면, 볼만한 구경거리지! 애간장이 다 녹아내린 우리 같은 처녀들은 사랑으로 산산 조각이 나서 그곳에 도착하면 하루 종일 아무 것도 하지 않고 프로스피네와 함께 꽃만 따지.[33] 그럼 나는 팔라몬에게 꽃다발을 만들어 줘야지. 그럼 나를 알아보겠지. 그럼....

의사 정말 깜찍하게 정신이 나갔군! 좀 더 살펴봅시다.

간수의 딸 정말이야, 말해줄게. 축복받은 우리는 가끔은 짝짓기 놀이를 하러 가지. 아아, 지옥에서 사는 건 쓰디쓰지—불타고, 볶고, 끓고, 씩씩대며, 울부짖고, 지껄이고, 욕을 하지. 아아, 가혹한 형벌이야. 조심하시오. 미치거나, 목을 매거나, 물에 빠져 자살하면, 그곳으로 가게 되요. 주피터 신이여, 우리를 축복하소서! 거기에 가면, 우리는 끓는 납이나 고리대금업자의 기름이 가득 찬 가마솥에 처박히죠.[34] 수백만 명의 소매치기와 같이 베이컨 조각처럼 끓고 끓어도 충분하지 못한 처지가 되죠.

의사 머릿속에서 마구 지어내는군!

간수의 딸 나리와 대감님들, 처녀에게 애를 배게 하면 여기 오지요. 배꼽

---

32. 저승사자 카론이 망각의 스틱스 강에서 망자들을 나룻배에 태워 저승으로 건네준다는 전설을 인용하고 있다. 망자들은 배를 타기 위해 돈을 내야하고, 이런 전설에 따라 죽은 시신의 혀끝에 동전을 놓는 풍습이 생겼다.

33. 간이 열정이 자리 잡은 곳으로 여겨지며, 프로스피네는 봄에 꽃을 피게 하는 지하의 여신이다.

34. 탐욕에 대한 전통적인 처벌은 기름 솥에서 끓는 것이다.

까지 차오르는 불과 가슴까지 덮인 얼음 속에 꼿꼿이 서 있어야 하죠. 그러면 죄를 지은 아랫도리는 불이 나고, 속여 먹은 가슴은 얼어붙는데, 그런 사소한 짓에 대한 벌치고는 정말로 괴로운 벌이죠. 그 벌을 면하려고 문둥이 마녀와라도 결혼을 할 판이죠. 이건 진짜라고요!

의사 이런 망상을 어찌 계속하는 걸까! 그냥 뿌리 깊이 박힌 광기가 아니라 완전히 심오하고 심각한 우울증이군.

간수의 딸 거기 사치스런 귀부인과 교만한 도시의 아낙네들이 함께 울부짖는 걸 들어봐! 재미난 놀이라고 말하면 나야말로 짐승이지. 하나가 "오 이놈의 연기!"하고 소리치면, 다른 이가 "이놈의 불!"하고 소리치고, 누군가 "아아, 장막 뒤에서 그 짓을 했다니!"하며 울부짖으면, 저쪽에선 끈질긴 애인과 정원의 별당을 저주하지.

(노래를 부른다.)

"나의 별들아, 나의 운명아, 나는 진실하리라."

(간수의 딸 퇴장)

간수 (의사에게) 어찌 생각하시오?

의사 정신이 심히 동요하여, 어찌 손을 써야할지 모르겠소.

간수 아이고, 그럼 어째?

의사 팔라몬을 보기 전에 다른 남자에게 연정을 품은 적이 있소?

간수 한때는 그 애가 제 친구이자 잘 아는 이 신사에게 마음을 주길 적잖이 바랬었죠.

구혼자 저도 그리 생각해서, 재산의 절반을 주더라도 아주 좋은 거래라 생각했죠. 이렇게 지참금을 주면 그녀와 제가 거짓 없이 동등한

조건이 될 거라 여겼죠.

의사 심하게 과식을 한 그 애의 눈이 다른 감각들마저 어지럽힌 거죠. 감각들이 다시 돌아와 본래의 기능을 수행하게 자리 잡을 수는 있지만 지금은 모든 감각이 극도로 엉뚱한 환상 속에 빠져 있지요. 이렇게 하셔야 합니다. 빛이 충분히 못 들어오고 겨우 기어드는 곳에 그 애를 가두시오. 그리고 자네 젊은 친구는 팔라몬으로 가장하고, 그 애와 같이 먹고 사랑을 나누기 위해 올 거라고 말해주시오. 이렇게 그 애의 관심을 끌면, 그 애는 거기에 정신이 팔리게 되고, 눈과 마음 사이에 끼어들었던 다른 것들이 광증이 빚어낸 속임수나 장난으로 보일 것이오. 팔라몬이 감옥에서 불러주었다던 유치한 사랑의 노래를 불러주고, 제철에 여인처럼 피어나는 꽃들을 온 몸에 꽂고 기분이 좋아지는 여러 가지 냄새가 뒤섞인 향수를 뿌리고서 그 애를 찾아 가시오. 모든 것을 팔라몬처럼 보여야 하네. 팔라몬은 노래도 잘하고, 상냥하며 좋은 점은 다 가지고 있으니. 그 애와 같이 먹자고 하고, 그 애에게 고기를 썰어주고, 그 애에게 건배를 하고 당신에게 호의를 가지고서 받아달라고 가끔 애원을 해야 하네. 그 애의 친구와 동무들이 누구였는지 알아보고, 치료하기 위해 그 애를 찾아와 계속 팔라몬이란 이름을 입에 달고서, 그를 위해 탄원을 하는 것처럼 사랑의 징표를 가지고 오시오. 망상에 빠져 있으므로 망상으로 대처해야하는 거요. 이렇게 그녀가 먹고, 자게 해주면, 완전히 뒤틀린 것들이 조금씩 펴지면서 예전의 바른 법도와 행동으로 돌아갈 것이오. 이 방법이 몇 번인지는 기억이 나질 않지만 통하는 경우를 보았소.

이번 경우가 그 횟수를 더해줄 거란 기대가 크오. 이 계획의 단계별로 내 처방전을 가지고 올 것이오. 함께 실행에 옮겨, 틀림없이 안정을 가져올 결과를 속히 내봅시다.

(퇴장)

5막

1장

신전이 준비된다. 나팔이 울리고, 테시우스, 피리서스, 히폴리타, 그리고 시종들 등장.

테시우스 이제 들라하라. 그리고 신들 앞에
신성한 기도를 올리게 하라. 신전마다
성화를 밝히고, 성스런 구름 속에 신전들이
복받치는 향내로 머리 위까지 그득하게 하라.
격식에 맞춰 한 치도 소홀함이 없게 하라.
(나팔 소리 들린다.)
고귀한 임무를 착수했으니, 그 일을 통해
사랑하는 신들에게 명예를 돌리라.

팔라몬이 세 명의 기사와 한쪽 문으로 등장.
아시테가 세 명의 기사와 다른 쪽 문으로 등장.

피리서스 입장이오.

테시우스 용감하며 담대한 적수이며, 왕족으로
가까운 혈연이나 원수인 너희들은 오늘 뜨겁게
타오르는 서로의 인척 관계를 불식시키러 왔으나,
한 시간만 분노를 접어두고 비둘기처럼
그대들을 보살피는 거룩한 신전에서

만인이 두려워하는 신들에게 굳은 몸을 숙여라.
그대들의 분노는 인간의 도를 넘으니, 대책도 그러하며,
신들이 그대들을 보고 있으니 정정당당하게 싸우라.
내 그대들이 기도하도록 잠시 자리를 뜨며,
똑같이 내 소원을 나눠주는 바이다.

피리서스 가장 뛰어난 자에게 명예가 주어지리라.

(테시우스와 시종들 퇴장)

팔라몬 (아시테에게) 모래시계가 흘러내려 둘 중 하나가
끝장날 때가지 멈추지 않겠지. 이렇게 생각해라.
이 일에 있어 내 안에 내 자신의 원수가
되려는 것이 있으면, 그게 한쪽 눈에 반하는
다른 눈이든, 서로 맞붙어 비트는 팔이든
지체 없이 박멸할 것이다. 사촌, 내 자신의
일부일지라도 그렇게 할 거다. 그러니 내가
너에게 어찌 대할지 짐작할 수 있을 거다.

아시테 네 이름과
너에 대한 옛 사랑과, 우리의 혈연을
기억 속에서 밀어내고, 그 자리를 쳐부수고픈
자로 메우려니 너무 힘들다. 그러니 우리
돛을 올려 목숨을 결정하는 하늘의 뜻에 따라
이 배를 갈 수 있는 데까지 몰아가보자.

팔라몬 말 한번 잘했다.
자리를 뜨기 전에 한번 안아보자.

다시는 안아볼 수 없을 테니.

아시테 단 한 번의 작별이다.

팔라몬 암, 그래야지—잘 가라, 사촌.

아시테 너도 잘 가라.

(팔라몬과 그의 세 기사 퇴장)

기사들, 친척과 연인들이여, 내 제물들이여,
진정한 군신의 숭배자들이여, 영혼은
내면의 공포의 씨앗과 두려움의 아버지인
우려를 쫓아내니, 우리가 섬기는 신 앞에
함께 나아가자. 그곳에서 사자의 심장과
호랑이의 숨결, 맹렬함과 민첩함을
달라고 해보자. 계속 전진하자는 뜻이다.
아니면 차라리 달팽이가 되겠다. 알다시피,
내가 받을 상은 핏속에서 끌어내야 하는 것.
힘과 위대한 무술이 월계관을 씌워주고,
꽃의 여왕이 꽂혀있을 것이다.
그러니 전쟁터를 사나이들의 피가
넘치는 웅덩이로 만드는 군신에게
기도드리자. 내게 도움을 주신다면
모두 군신에게 엎드려 영혼을 바치자.

(모두 무릎을 꿇고 엎드린다.)

힘으로 푸른 바다의 신 넵튠을 피로 물들인 강력한 신이여,[35]

---

35. 넵튠은 포세이돈으로 바다의 신이라 파란색으로 묘사된다.

당신의 도래를 혜성마저 예고하고,
광활한 들판에 당신의 참혹함을
파헤쳐진 해골들이 선포하며, 숨결은
수확의 여신 세레스의 풍성한 곡식을 쓸어가며,[36]
푸른 구름 속 억센 손으로 깎아 만든 석탑들을
뭉개버리며 도시의 성벽을 세우기도 하고
부수기도 하는 분이여, 저는 당신의 제자이며,
당신의 북소리를 쫓는 가장 어린 추종자니,
오늘 제게 무술을 알려 주소서, 그리하여
당신을 기리는 깃발을 앞세워 전진하고,
오늘의 승자란 칭호를 얻게 해주소서.
위대한 군신이여, 흡족의 표시를 내려주소서.

(여기서 전처럼 얼굴을 바닥에 대고 엎드린다. 무기가 쨍그랑거리는 소리가 짧은 천둥소리와 함께 들린다. 마치 전쟁이 시작하듯 모두 일어나 신전에 절을 한다)

잘못된 시대를 바로 잡을 위대한 신이여,
썩어 냄새나는 정부를 뒤엎을 신이여,
먼지 낀 낡은 지위를 결정하는 위대한 이여,
지상이 병들면 피로 치유하고, 인간의
과욕으로부터 세상을 고치시는 신이여,
당신의 표시를 길조로 받아들여, 당신의 이름으로
용감하게 제 뜻을 향해 전진합니다. 가자.

(퇴장)

---

36. 세레스는 풍성한 수확의 여신이다.

2장

팔라몬과 기사들이 앞과 같이 의식을 취하며 등장.

팔라몬 우리 별들이 새 불길로 타오르거나
아니면 오늘 꺼지겠지. 쟁점은 사랑이다.
사랑의 여신이 들어주면, 승리도 내려주겠지.
그러니 나와 그대들의 기백을 합치자.
그대들은 관대한 고귀함을 발휘하여
내 일을 그대 자신의 뜻으로 삼았구나.
비너스 여신에게 우리의 일을 아뢰고,
힘을 달라고 기원하자.

(여기서 제단 앞으로 나아가 무릎을 꿇고, 얼굴을 바닥에 대었다가 다시 무릎을 꿇는다.)

(비너스에게 기도하며) 오, 지대한 비밀의 여왕이여,
가장 사나운 독재자마저 포악을 버리고
어린 소녀에게 눈물 흘리게 하는 그대여,
눈짓 하나로도 군신의 북소리를 잠재우고
나팔 소리를 나지막한 속삭임으로 바꿀 힘을 지닌
여신이여, 그대는 절름발이마저 아폴로신보다
먼저 고쳐 지팡이를 휘두르게 하시고,
일국의 왕마저 여자의 종으로 만들고

기운 빠진 노인을 춤추게 하실 수 있죠.
모닥불을 뛰어넘는 장난스런 아이처럼
그대의 불길을 피해간 대머리 노총각마저
나이 칠십에 쉰 소리로 사랑의 젊은 노래를
부르게 하죠. 그대의 힘이 닿지 않는 신이
어디 있을까? 아폴로에게 자신의 불보다
더 뜨거운 불길을 일어, 태양의 불길이
아들을 태웠다면, 그대는 주피터를 태웠지.
차갑고 냉랭한 사냥의 여신도
활을 내려놓고 한숨을 쉬었다지요.
당신의 투사로 나선 저를 은혜로 감싸주시오.
장미의 화관처럼 그대에 대한 멍에를
지겠습니다. 납덩이보다 더 무겁고,
엉겅퀴보다 쓰리게 찌를지라도.
저는 한 번도 그대의 율법을 어긴 적이 없으며,
비밀을 모르니 누설한 적도 없죠.
알았다 해도 입 밖에 내려하지 않을 거예요.
남의 아내를 탐한 적도 없고, 방탕한 이들이
그대를 비방하는 글도 읽은 적 없어요. 성대한
잔치에서 아름다운 여인을 헐뜯지도 않았고,
낄낄대는 자들에게 오히려 낯을 붉혔죠.
여자를 꾀인 걸 떠벌리는 자는 엄하게 꾸짖으며
어머니가 있지 않느냐고 화를 냈죠.

저도 여인인 어머니가 있고 그들이 욕되게
한 것도 여인들이죠. 열네 살 난 어린 신부와
결혼한 팔십 세의 노인 얘기를 해주었죠.
흙덩이에 생명을 불어넣는 것도 당신 힘이요.
노년의 굴레로 곧던 다리도 뒤틀리고
통풍으로 손가락 마디마저 굵은 매듭이 되고
부은 눈알의 고통스런 경련으로 눈동자가 빠질 듯하고
사는 것마저 고통이 되버린 나이에.
이 해골이 젊고 멋진 짝을 만나 아들을 낳았는데,
그의 아들이란 걸 저도 믿고, 그녀도 장담하면
누가 그 말을 안 믿겠어요? 요컨대,
저는 재잘대는 놈들하고는 한패가 아니며,
일은 안하고 허풍만 떠는 놈들과는 맞서고,
바라지만 행하지 못하는 이들에게 기쁨이죠.
그래요, 비밀스런 일들을 치사하게 떠벌리거나
숨겨둘 일을 함부로 지껄이는 자를 싫어합니다.
저는 그런 사람이며, 저보다 진심으로 사랑에
한숨짓는 사람은 없다고 자부합니다. 오, 그러니,
한없이 여리고 다정한 여신이여, 이 싸움에서
제게 승리를 내려주소서. 승리는 진실한 사랑의
보상입니다. 커다란 호의의 표시로 축복을
내려주소서.

(여기서 음악이 들리고, 비둘기들이 날개 짓하는 것이 보인다.

모두 얼굴을 대고 엎드린 뒤, 다시 무릎을 꿇는다.)

열아홉부터 아흔까지 인간의 마음을 지배하는
그대여, 세상은 당신의 사냥터요,
우리는 당신의 사냥감이죠. 이렇게 멋진
징표에 감사드립니다. 징표는 순결하고
진실한 제 마음에 새겨져 확신으로 무장한
몸으로 일에 나서렵니다. (무사들에게) 이제 일어나
여신께 절을 드리자.

(그들 모두 일어나 절을 한다.)

이제 때가 되었다.

(퇴장)

3장

부드러운 피리소리. 흰 옷차림으로 에밀리아 등장. 머리는 어깨까지 늘어뜨리고, 밀집화관을 쓰고 있다. 흰 옷을 입은 하녀가 그녀의 치맛자락을 들고 따라 들어온다. 머리에는 꽃들이 꽂혀있다. 그녀 앞에 한 시녀가 은으로 된 사슴을 들고 있는데, 향연과 달콤한 향기가 퍼져 나온다. 향로를 제단에 올려놓고 시종들은 떨어져 선다. 에밀리아가 제단에 불을 붙이고, 모두 절하며 무릎을 꿇는다.

에밀리아 (달의 여신 다이애나에게 기도하며)

오 거룩하고 어둡고 정결하며 차가운 여신이여,
향연을 멀리하고, 침묵의 사색을 즐기며,
고독하고 선하며, 순백의 정결과 바람에 나부끼는
눈송이처럼 순결한 그대여, 그대는 당신의
여기사들에게 홍조를 띨 만큼의 핏기만 허용하시니
그 핏기야말로 여기사들의 제복입니다.
이제 당신의 사제로 제단 앞에 몸을 숙이옵니다.
오, 푸른 눈은 한 번도 때 묻은 적 없으니,
당신의 처녀를 굽어 살펴주소서. 성스런
은빛 여신이여, 추잡한 말을 들은 적도 없고,
음탕한 소리도 허락한 적이 없는
당신의 귀를 성결한 두려움이 깃든
제 간청에 기울여주소서. 이것이

제가 처녀로서 드리는 마지막 일입니다.
신부 차림이지만 마음은 처녀랍니다.
제게 주어질 남편은 정해졌지만
저는 아직 모릅니다. 한 명을 선택해서
그이의 승리를 빌어야하지만 제겐 선택의 죄가
없습니다. 두 눈 중 하나를 잃어야 한다면
둘 다 소중하여 어느 하나도 버릴 수 없습니다.
멸하는 자는 심판도 못 받고 죽어야 해요.
그러니 한없이 정숙한 여신이여, 두 경쟁자 중에
저를 가장 사랑하고, 마땅히 차지할 명분을
지닌 사람에게, 제 화관을 벗길 권한을 주소서.
또는 내가 여신님의 무리에 남아 있도록
제 힘과 능력을 지켜주소서.

(이때 사슴이 제단 아래로 사라지고 그 자리에서 장미 한 송이가 핀 나무가 솟아 오른다.)

(시녀들에게) 보라, 밀물과 썰물의 지배자가
성스런 율법으로 제단의 안에서 꺼낸 것은
한 송이 장미다! 이게 확실한 징조라면,
이 결투는 용맹한 기사 둘 다 파멸시킬 것이다.
그리고 나는 처녀 꽃으로 꺾이지 않고
홀로 자랄 것이다.

(이때 갑자기 악기를 튕기는 소리가 들기고 장미가 나무에서 떨어진다.)

꽃이 지고, 나무가 들어간다. (다이애나에게) 오, 여신이여,

이제 저를 놓아주시니, 누군가 저를 꺾겠죠.
그렇게 생각해도, 여신님의 뜻이 무엇인지 모르겠어요.
숨은 뜻을 보여주세요. (시녀들에게) 여신께서 기뻐하시는구나.
징조들이 길하기 그지없다.

(절하고 퇴장)

4장

의사, 간수, 팔라몬 차림의 구혼자 등장.

의사 내가 일러준 처방이 효과가 있었나?

구혼자 오, 아주 좋았죠. 그녀의 친구였던 애들이 내가
팔라몬이라고 절반쯤 믿게 만들었죠. 반시간도 안 돼,
내게 웃으며 와서, 뭘 먹고 싶은지 물으며,
언제 키스를 해줄지 묻더군요.
당장이라고 말하고, 두 번이나 키스해주었죠.

의사 잘 되었군. 스무 번 해주었으면 더 좋았을 텐데,
그렇게 해주는 게 주된 치료니까.

구혼자 그리고 오늘 밤
함께 지내고 싶어 하던데요. 몇 시에 내 마음이
동할지 잘 알고 있다고 하더군요.

의사 그러라고 하게.
마음이 동하면, 그 애를 실컷 맞춰주고,
당장에라도 해주고.

구혼자 내게 노래해달라고 해요.

의사 해주었나?

구혼자 아니요.

의사 그건 정말 잘못했군.

무엇이든 그 애 기분을 맞춰야 하네.

구혼자 어쩌나,
그녀가 확신할 만큼 멋진 목소리가 아니라서.

의사 소리만 낼 줄 알면, 어떻게든 매한가질세.
다시 청하면, 무엇이든 해주게.
그 애가 청하면 잠자리라도 하게.

간수 어이, 의사양반.

의사 해야죠, 그게 치료법이니.

간수 하지만 우선,
정도껏 해야지요.

의사 쓸데없는 걱정이요.
정조 때문에 딸을 저버리지 마시오.
이렇게 치료하고, 그런데도 정조를 원하면
결혼시키면 되지 않소.

간수 고맙소, 의사양반.

의사 그 애를 데려오겠소? 어떤지 살펴봅시다.

간수 그러지요. 팔라몬이 기다리고 있다고 하지요.
하지만, 의사양반, 아무래도 잘못하는 것 같소.

(간수 퇴장)

의사 어서가요. 애비들이란 다 멍청해서! 정조라고?
그걸 찾을 때까지 약을 써야한다면.

구혼자 어, 걔가 처녀가 아니란 말인가요?

의사 그 애 나이가 몇이지?

구혼자 열여덟이요.

의사 처녀일 수도 있고.
매한가지야. 뭐 달라질게 없지.
아버지가 뭐라 해도, 내가 말한 쪽으로
그 애의 마음이 기우는 걸 느끼면,
즉, 육신의 길로 기우는 걸 느끼면.... 내 말 알겠나?

구혼자 네, 잘 알겠습니다.

의사 욕망을 채워주게.
정통으로 해주게. 그렇게 해야 치료가 되네.
그 애를 괴롭히는 우울증이 말이야.

구혼자 저도 같은 생각입니다, 의사 선생님.

간수와 미친 딸이 등장.

의사 자네도 알게 될 거야. 저기 오는군. 기분을 맞춰주게.

(의사와 구혼자 떨어져 선다.)

간수 (딸에게) 자, 네 애인 팔라몬이 기다린단다, 애야.
너를 보려고 이렇게 오래 기다린 거지.

간수의 딸 점잖게 참아주어 고맙군요.
정말 착한 신사예요. 너무도 감사할 따름이죠.
그분이 제게 준 말을 못 보았나요?

간수 보았지.

간수의 딸 맘에 드시나요?

간수 아주 좋은 놈이던데.
간수의 딸 춤추는 거 못 봤어요?
간수 아니.
간수의 딸 전 여러 번 봤죠.
아주 잘 춰요, 정말 멋지게 춰요.
어떤 말보다 빠른 춤곡을 더 잘 추죠.
마치 팽이처럼 돌려줄 걸요.
간수 정말 멋지구나.
간수의 딸 한 시간에 백리까지 모리스를 출 걸요.
제가 보기엔, 이 고을에서 제일
잘 나가는 춤꾼마저 후져 보일 걸요.
"사랑의 빛" 가락에 냅다 달리죠.
말이 어떤 것 같아요?
간수 그런 재주가 있다면
테니스도 충분히 치겠는데.
간수의 딸 그건 별거 아니죠.
간수 읽고 쓸 줄도 아니?
간수의 딸 멋진 글씨죠. 스스로 먹은
꼴과 여물 값도 계산하죠. 마부도
이 말을 속이려면 일찍 일어나야죠. 아버지도
공작님이 갖고 계신 흑갈색 말을 아시죠?
간수 아주 잘 알지.
간수의 딸 그 불쌍한 암말이 제 말을 끔찍이 사랑하지만,

제 말은 주인처럼 내숭떨며 얌전을 빼죠.
간수 지참금으로 뭘 가졌데?
간수의 딸 한 이백석의 여물과
스무 자루의 귀리를 지녔지만 수말이 꿈쩍도 안 해요.
그 놈은 혀 짧은 소리로 울면서, 방앗간 암말을
꼬시려하죠. 그러다 암말을 지레 죽일 거예요.
의사 도대체 무슨 소린지!
간수 깍듯이 인사해. 애인이 오네.
구혼자 (앞으로 나서며) 어여쁜 영혼이여,
잘 지내오?
(그녀가 고개를 숙여 인사한다.)
괜찮은 여자에다 예의범절도 깍듯하지.
간수의 딸 정절을 따르는 한 당신 뜻대로.
세상 끝까지 얼마나 걸릴까요, 아저씨들?
의사 어, 하루정도 걸리겠지, 얘야.
간수의 딸 (구혼자에게) 같이 갈래요?
구혼자 가서 뭐 할 건데?
간수의 딸 가서 공 방망이 놀이나 하죠.
달리 할 게 없잖아요?
구혼자 거기서 결혼식을
올리면 좋겠는데.
간수의 딸 맞아요.
거기서, 장담하건대, 결혼시켜 주겠다고

나설 적당한 눈 먼 신부님을 만날 거예요.
여기 신부님들은 너무 까다롭고 멍청해요.
게다가, 아버진 내일 교수형을 당할 테니,
그건 결혼 같은 일에 큰 흠이죠.
당신 팔라몬이 아닌가요?

구혼자 날 모르겠니?

간수의 딸 알아요, 하지만 날 좋아하지 않죠. 전
이 초라한 치마와 변변찮은 속치마 두 벌 뿐이죠.

구혼자 그래도 상관없어—난 당신을 취할 테니.

간수의 딸 정말이죠?

구혼자 그럼, 이 예쁜 손에 걸고 분명히.

간수의 딸 그리고 우린 잠자리에 들어요.

구혼자 원하면 언제든지.

(그녀에게 키스한다.)

간수의 딸 (키스한 곳을 닦으며) 오, 깨물고 싶어 죽겠어요?

구혼자 왜 입술을 닦는 거니?

간수의 딸 사랑스런 키스여서,
결혼식 준비로 제게 어울리는 향이 되겠네요.
(의사를 가리키며) 이분은 사촌 아시테 아닌가요?

의사 그래, 애야.
사촌 팔라몬이 이렇게 예쁜 분을 골라
정말 기쁘군요.

간수의 딸 이분이 저와 결혼할까요?

의사 물론, 틀림없이.

간수의 딸 (간수에게) 당신도 그렇게 생각해요?

간수 그럼.

간수의 딸 아이도 많이 낳을 거예요. (의사에게)
하느님, 참 빨리도 자랐네!
팔라몬도 멋지게 자라주면 좋을 텐데.
그이도 자유의 몸이잖아요. 어쩌나, 불쌍한 아이들,
잠자리와 먹는 게 안 좋아 크지 못했군요.
하지만 키스로 다시 자라게 해줘야지.

전령 등장.

전령 여기서 뭣들 하시오? 자칫하다간 세상에서 가장
끝내주는 볼거리를 놓칠 거요.

간수 시합장에 나왔소?

전령 나왔죠.
당신도 거기서 할 일이 있소.

간수 곧 가겠소.
(다른 사람들에게) 자네들을 여기 두고 가야겠네.

의사 아니, 우리도 같이 갑시다.
나도 구경거리를 놓칠 수 없지.

간수 애가 어떤 것 같소?

의사 장담하건대, 사나흘 내로 멀쩡하게
만들어 주겠소.

(간수와 전령 퇴장)

(구혼자에게) 저 애와 떨어지면 안 되네.
이렇게 계속 그녀를 대해주게.

구혼자 그러죠.

의사 안으로 데려가자고.

구혼자 (간수의 딸에게) 자, 저녁 먹으러 들어갈까?
그리고 카드놀이를 하자고.

간수의 딸 키스도 하나요?

구혼자 백번이라도.

간수의 딸 그리고 스무 번 더.

구혼자 그럼, 스무 번 더.

간수의 딸 그리고 같이 자요.

의사 (구혼자에게) 하고 싶은 대로 해.

구혼자 (간수의 딸에게) 그럼, 그렇게 하지 뭐.

간수의 딸 하지만 아프게 하면 안돼요.

구혼자 안 그럴게.

간수의 딸 자기가 그러면, 난 울어버릴 거야.

(퇴장)

5장

나팔 소리. 테시우스, 히폴리타, 에밀리아, 피리서스 그리고 시종들 등장.

에밀리아 한 발도 더 안 갈래요.

피리서스 구경거리를 놓치겠다고요?

에밀리아 시합을 보느니 차라리 허공에서 파리 잡는
뱁새를 보겠어요. 타격을 가할 때마다 용감한 생명이
위협을 받고, 칼을 내려칠 때마다 맞은 데서
탄식이 터져 나오고, 칼 소리가 아니라 조종소리가
나는 것 같아요. 그냥 여기 있을래요.
끝내 일어난 일을 듣는 것만으로도 혹독한
벌이죠. 귀를 막고 결말을 안 들을 수
없는 노릇이니. 피할 수 있다면 눈만이라도
끔찍한 광경으로 더럽히고 싶지 않아요.

피리서스 (테시우스에게) 공작님,
공주가 더 이상 안 가겠다는 군요.

테시우스 가야하는데.
진정으로 명예로운 행동을 보게 될 텐데.
그림으로도 잘 그려진 적이 있지만, 지금은 자연이
이야기를 만들고 보여주는 것이니, 우리 눈과 귀로
확인해야지. (에밀리아에게) 가야만 하오.

처제가 승자에 대한 상이요, 보람이고 이 결투의
목적에 정점을 찍을 화관이지요.

에밀리아 용서해주세요.
거기 가도 눈감게 될 거예요.

테시우스 그래도 가야하오.
이 시합이 밤에 치러지는 거라면
처제는 유일하게 빛나는 별인 거오.

에밀리아 꺼진 별이죠.
서로 다른 이에게 비춰주는 빛이란 악의에
찬 빛이죠. 늘 공포의 모체인 어둠이,
수많은 사람들의 저주를 받지만, 이 순간에
두 사람을 어둠의 장막으로 덮어서
서로 찾을 수 없게 한다면, 어둠도
좋은 구석이 있다는 평을 듣고,
스스로 저지른 수많은 죽음에 대한
보상을 해주겠죠.

히폴리타 가야 한단다.

에밀리아 정말로 안 갈래요.

테시우스 처제의 눈을 보고
기사들이 용기의 불을 켤 것이오. 알아두시오,
처제는 이 결투의 보배이고, 곁에서
승자에게 응당한 보답을 해야 하오.

에밀리아 용서하세요.

한 나라의 왕권은 나라 밖에서도
결정될 수 있어요.

테시우스 그럼, 마음대로 하렴.
처제와 함께 할 사람은 원수에게
마음대로 원을 풀 수 있겠네.

히폴리타 그럼 잘 있어.
너보다 먼저 누가 네 짝이 될지 알겠군.
간발의 차이겠지만. 하느님께서 둘 중에
더 좋은 사람을 아시겠지만, 그 사람이
네 남편감이 돼야 할 텐데.

(에밀리아만 빼고 모두 퇴장)

(에밀리아는 사진 두 장을 꺼낸다. 하나는 오른쪽에서 다른 하나는 왼쪽에서 꺼낸다.)

에밀리아 아시테는 얼굴을 곱상한데, 눈은
부드러운 칼집 속에 날카로운 칼날이나
굽은 활 같지. 얼굴을 보면 자비와
남자다운 용맹이 함께하는 것 같아.
팔라몬은 아주 무서운 외모이지. 이마도
주름이 져서 찌푸리게 만드는 것들을
다 묻어버릴 듯하지만, 안 그럴 때도 있어.
생각에 따라 바뀌지. 오랫동안 사물을
물끄러미 응시하면, 고상하게 우수가
어울리지. 아시테는 쾌활함이 어울리고.

팔라몬의 우수는 일종의 기쁨이라,
쾌활함이 그를 슬프게 만들고
슬픔이 쾌활하게 만들 듯 서로 얽혀 있어
다른 사람들에게는 전혀 어울리지 않는
어두운 기질들이 그분에게 잘 어울리지.

(나팔 소리. 트럼펫 소리가 공격 명령인 듯 울린다.)

들어봐, 용기를 재촉하는 소리가 왕자들을
시험대로 몰고 가는구나. 아시테가 이기겠지만
팔라몬도 아시테의 몸이 상할 정도로
상처를 입히겠지. 충분히 가능성 있고
기가 막힌 일이야. 내가 곁에 있으면
다치게 할 수도 있어. 내 자리로
시선을 보내는 순간 방어 자세를
놓치거나 그 순간 꼭 필요한 공격을
빠뜨려서 말이야. 그러니까 거기 안 가는 게
더 나아.

(나팔 소리. 안에서 "팔라몬!" 하는 커다란 고함과 환호성 소리)

불행의 원인이 되느니,
차라리 태어나지 말 걸.

하인 등장.

어떻게 되었느냐?

하인 "팔라몬!"이란 고함소리요.

에밀리아 그럼 그분이 이기거군. 그럴 줄 알았어.
기품 있고 승운이 있어 보였지. 틀림없이
남자 중의 으뜸이지. 부탁인데, 빨리 가서
어떻게 되가는지 알아와.

(함성소리와 나팔 소리. "팔라몬"이라 외친다.)

하인 아직도 "팔라몬"이라 하네.

에밀리아 가서 알아봐. (하인 퇴장)

(오른손에 든 사진을 보고 에밀리아 말한다.)

오 불쌍한 사람, 졌군요.
오른쪽에는 당신 사진을 지니고 왼쪽에는
팔라몬 사진을 갖고 있었죠. 왜인지는 나도 몰라요.
무슨 뜻이 있어서가 아니라, 우연히 그렇게 된 거죠.

(안에서 또 다른 외침과 함성, 그리고 나팔 소리)

불길한 왼쪽에 심장이 있으니, 팔라몬이 더 좋은
징조를 갖은 거죠. 외치는 이 함성은
결투가 끝났다는 뜻이겠지.

하인 다시 등장.

하인 팔라몬이 기둥에서 한 뼘까지
아시테를 몰고 갔대요. 그래서 "팔라몬"이란
함성이 터진 거죠. 하지만 곧 부하들이
대담하게 구출 작전을 폈고, 용감한
두 적수는 이 순간에는 서로 맞대결을

하고 있답니다.

에밀리아 두 사람이 한 몸이 되면
좋은 텐데. 오, 왜? 그렇게 합쳐진 남자에게
어울릴 여자는 없어. 각자의 몫,
각자의 고귀함이 뭉치면, 살아 숨쉬는
어떤 여자도 여지없이 기울고, 자격이
부족한 느낌이겠지.

(나팔 소리. 안에서 "아시테, 아시테"하고 외친다.)

더 신이 난 함성인가?
아직도 "팔라몬"이야?

하인 아니요, 지금은 "아시테"라 외치네요.

에밀리아 부탁이야, 잘 귀 기울여 들어봐.

(나팔 소리. 엄청난 외침과 함성, "아시테, 이겼다!")

두 귀를 세워 들어보라고.

하인 "아시테"와 "이겼다"라는
외침인데요. 들어봐요, "아시테, 이겼다!"
결투의 결말을 선포하는
나팔 소리이지요.

에밀리아 언뜻 보아도
아시테는 애송이가 아니었어. 맹세코
풍성한 정신에 값어치가 있어 보였어.
짚에 불씨를 감출 수 없고, 낮은 둑은
거센 바람이 몰아치는 물을 못 가두듯

감출 수 없었지. 훌륭한 팔라몬이 잘못될
거라고 생각했지. 왜 그렇게 생각했는지
나도 모르겠지만. 종종 막연한 예감이 맞고,
이성은 전혀 예측 못할 때가 있지. 시합장을
떠나는구나. 오, 불쌍한 팔라몬.

(사진을 내려놓는다.)

나팔 소리. 테시우스, 히폴리타, 피리서스, 승자 아시테, 그리고 시종들 등장.

테시우스 보라, 저기 처제가 어찌할 바 모르고
떨며 기다리는구나. 아름다운 에밀리아,
신들이 신성한 판단으로 이 기사님을
네게 선사했구나. 적의 머리를 내려친
무사 중에 진정 훌륭한 기사다.

(아시테와 에밀리아에게)

자 손을 다오. (아시테에게) 그녀를 받아 주게. (에밀리아에게)
처제도 그를 받아주고. 세월이 갈수록 커가는 사랑으로 맹세하고.

아시테 에밀리아,
그대를 얻으려고, 전 가장 소중한 이를 잃었어요.
물론 제가 얻은 최고의 당신을 빼고 말이오.
그대의 가치를 헤아려보면 그래도 싼 값이지요.

테시우스 사랑하는 처제,
아시테가 말한 기사는 훌륭한 말의 박차를 가한
누구에게도 지지 않을 용감한 기사였소.

신들도 후손이 세상에서 너무 신을 닮을까봐
총각으로 생을 마치길 바란 것 같소.
나는 그의 행동에 매료되어 알시데스도[37]
용광로에서 갓 나온 납덩이처럼 생각할 거요.
전체에 대한 칭찬에 덧붙여
각 부분에 대한 칭찬을 해도, 아시테는
결코 뒤지지 않았소. 그처럼 훌륭했던 기사가
단지 더 나은 기사를 만난 거요. 두 마리
두견새가 목청껏 높여 경쟁적으로 밤공기를
가르는 걸 들은 적이 있지요. 한 마리가
소리 높여 울면, 다른 새가 더 높이 울고
다시 첫 새가 더 높이 울며, 차츰 차츰 더
목청을 높이니, 귀로는 둘을 가늠할 수 없었다오.
이 두 사촌도 한참을 겨뤄왔는데,
이제야 하늘이 가까스로 승자를 정한 거요.
(아시테에게) 그대가 얻은 월계관을 기쁘게 쓰시오.
패한 자들은 살아 있는 것이 고통이니,
곧 응당한 벌을 받게 될 것이오.
여기서 처리하시오. 우리가 볼 장면이
아니니, 우리는 이제 기쁨에 넘치되,
애도하는 맘으로 자리를 뜨겠소.
(아시테에게) 손을 주시오. 이제 그녀를 잃을 일이

---

37. 알시데스는 헤라클레스의 또 다른 이름이다.

없을 거요. 히폴리타, 당신 눈에 눈물이
맺혔군. 금방이라도 떨어질 것 같소.

(아시테가 에밀리아의 팔을 낀다. 나팔 소리)

에밀리아 이게 이긴 건가?
오, 천지신명이여, 자비는 어디로 간 거요?
신들의 뜻으로, 이렇게 될 수밖에 없었고,
어느 여인보다 더 귀한 목숨과 헤어진
불쌍하고 친구도 없는 이 왕자를 위로할
책임을 제게 일임하지만 않았다면, 차라리
저는 죽고 싶고, 죽어야 마땅하지요.

히폴리타 한 여인에게
두 눈이 완전히 사로잡혀, 죽음으로
멀게 되다니 정말 안타까운 일이구나.

테시우스 그렇게 됐군.

(퇴장)

6장

옭아매진 팔라몬과 세 명의 기사가 호송되어 등장. 간수와 도끼를 든 사형집행인이 함께 등장.

팔라몬 인간의 사랑이 다 한 뒤에도 살아남는
이들이 많지. 그래, 자식을 둔 많은 아버지도
그런 처지지. 그렇게 생각하면 조금 위안이 되네.
우리가 죽지만 동정해주는 이가 있고,
오래 살면 잘 살기를 바라는 이들도 있지.
우리는 추한 노년의 비탄을 피하고, 뒤늦게
죽는 백발 영감에게 찾아오는 통풍과
류머티즘을 따돌리고, 온가 해 묵은
죄에 시달리지 않고, 젊은 패기에 차
신에게 나아간다. 늙은이들보다 이렇게
일찍 죽는 것이 신들에게 기꺼운 일이고,
아직 순수한 영혼을 지니고 있으니, 신들께서
감로수를 내려주실 거야. 사랑하는 친구들아,
하찮은 위로의 대가에 목숨을 건 그대들이야말로
너무나 헐값에 목숨을 팔았구나.

기사 1 어떤 종말이
이보다 더 흡족할 수 있겠어? 승자는 우리를

딛고 행운을 얻었지만, 우리의 죽음이 확실하듯
그 권한도 찰나에 불과하지. 명예에 있어
우리보다 하나도 나을 게 없고.

기사 2 서로 작별하고,
확실한 순간에도 비틀거리는 운명의 여신을
의연함으로 비웃어주자고.

기사 3 좋아, 누가 시작할래?

팔라몬 죽음의 향연에 자네들을 데려온 내가
먼저 맛을 봐야지. (간수에게) 아, 친구, 내 친구,
일전에 자네 딸이 나를 자유롭게 풀어주었지.
이제 자네가 나를 영원히 풀어주오. 딸은 어찌 지내오?
온전치 못하다고 들었는데, 몹쓸 병이 들다니
마음이 아프군요.

간수 기사양반, 그 앤 나아서
곧 결혼합니다.

팔라몬 내 짧은 생에 맹세코,
기쁘기 그지없군요. 내가 마지막으로 기뻐하는
일이 되었군요. 그렇게 말을 전해주오.
제 안부 전해주고, 지참금에 보태라고
이것을 건네주오.

(간수에게 지갑을 준다.)

기사 1 아니, 우리 모두 보태줍시다.

기사 2 처녀인가요?

팔라몬 내가 믿기론 확실히.
내가 보답이나 칭찬을 할 수 있는 것보다
더 착하고 올곧은 여자이지.

기사들 우리 안부도 전해주오.

(자신들의 지갑을 준다.)

간수 신들이 모두 갚아주시고 그 애에게 감사가 넘치길!

팔라몬 안녕. 작별 인사만큼 내 생명도 짧게
끝내 주시오.

(단두대 틀에 머리를 놓는다.)

기사 1 용감한 사촌, 앞서 가게.

기사 2와 3 우리도 따라갈 테니.

(안에서 엄청난 소동소리가 난다. "뛰어! 구해! 멈춰!")

전령이 황급히 등장.

전령 멈추시오! 멈춰! 오, 멈춰! 멈추시오! 멈춰!

피리서스 급히 등장.

피리서스 멈추시오! 너무 빨리 처리했다면
그 신속함에 저주가 내려 마땅하지. 고귀한 팔라몬,
이제부터 그대가 이끌어갈 삶에
신들의 영광이 빛날 것이오.

팔라몬 비너스도 못 믿겠다고

욕했는데, 그럴 수 있을까요? 어떻게 된 거요?

피리서스 용사여, 일어서시오. 한없이 반갑고도
쓰디 쓴 소식에 귀를 기울여주오.

팔라몬 꿈에서
우리를 깨운 것이 무엇이오?

피리서스 들어보시오.
당신 사촌이 에밀리아가 선사한 말,
즉 흰 털이 하나도 없는 까만 말을 타고 갔소.
말이 색깔 때문에 값이 떨어져서
질이 좋아도 사려는 사람이 별로 없었죠.
그 미신이 이번에는 들어맞은 것 같소.
아시테가 그 말을 타고 아테네의 돌길을
달리는데, 발걸음이 돌을 밟기보다는
세듯이 가볍게 스치는 것 같았죠.
말 탄 주인이 기뻐 자랑스러워 하니,
발걸음도 성큼성큼 한 자씩 뛰어갔죠.
이렇게 차돌 길을 말발굽으로 음악에 맞춰—
쇳소리가 음악의 모태라고 하잖아요—
춤추듯 훌쩍훌쩍 돌을 세며 달려갔죠.
그런데 차가운 늙은 새턴처럼 사악한 돌부리가
불같이 뜨거운 심술을 품었다가
불꽃을 튕겼는지, 아니면 이런 뜻으로
만들어진 독한 유황불인지 난 모르겠지만,

뜨거운 말이 불처럼 성나 제멋대로
용을 쓰며 함부로 날뛰다, 몸을 추켜
뒷발로 서더군요. 완전히 잘 훈련되고
얌전한 몸가짐처럼, 길들일 때 배운 것도 다 잊고,
급하게 내려치는 날카로운 박차에 따르지 않고
신경질을 부리며 돼지처럼 울부짖더니,
용감하게 타고 있던 주인을 떨어뜨리려고
못된 늙은 말처럼 별의별 짓을
다 하였죠. 고삐도 안 끊어지고,
허리띠도 안 풀리고, 이리저리 몸부림을 쳐도
주인은 떨어지지 않고 굳게 다리로
꽉 끼고 앉아 있으니, 소용이 없었죠.
뒷다리를 들어 올리고 앞다리로 번쩍
서서, 아시테는 다리가 머리보다 높이 올라가
이상한 묘기로 매달려 있는 것 같았죠.
승리의 화관마저 벗겨지고, 말은 뒷걸음치다
완전히 뒤로 넘어가, 온몸의 무게로 주인을 덮쳤죠.
그분은 살아있지만, 곧 다가올 파도에
휩쓸려버릴 배와 같았죠. 그러면서 당신에게
할 말이 있다고 하더군요. 아, 저기 오는군요.

테시우스, 히폴리타, 에밀리아, 그리고 가마에 실려 아시테 등장.

팔라몬 오, 우리 우정의 처참한 결말이여!

신들은 전능하다. 아시테, 너의 심장이,
사내다운 고귀한 심장이 멈춘 게 아니라면
최후의 말을 내게 해다오. 나는 팔라몬,
죽어가는 그대를 아직도 사랑하는 이다.

아시테 에밀리아를 받아줘.
그녀와 세상의 모든 기쁨을 즐겨라. 손을 다오.
잘 있어. 최후의 시간을 헤아려보니, 우정은 버렸지만
사랑을 얻으려 배신하진 않았다. 날 용서해줘!
아름다운 에밀리아, 키스 한 번만. (둘이 키스한다) 이제 되었소.
그녀를 받아줘. 난 죽는다.

(그가 죽는다.)

팔라몬 그대 용감한 영혼이 천국을 찾길!

에밀리아 (아시테의 시신에게) 왕자님, 그대 눈을 감겨드리겠어요. 축복받은
영혼이 함께하길! 정말 곧고 훌륭한 사람이었죠. 제가 사는 동안
이날이 되면 눈물을 바치겠어요.

팔라몬 나는 명예를 바치겠소.

테시우스 처음 여기서 너희들이 싸웠고, 여기서
너희들을 갈라놓았지. 그대가 살아 있어
신들에게 감사한다고 아뢰시오.
그의 역할이 끝났고, 너무 짧았지만,
잘 해냈지. 자네 목숨은 연장되어
천국의 복된 이슬이 자네를 촉촉이 적시었다.
강력한 비너스가 제단에 커다란 은총을 내려

너의 사랑을 보답해주었구나. 우리의 주인인
마르스 군신께서는 신탁을 발휘하여,
아시테에게 승리의 영광을 주었소. 이렇게 신들은
온당한 정의를 구현하였소. 시신을 옮겨라.

(시종들 아시테의 시신을 들고 퇴장)

팔라몬 오, 사촌, 무언가를 욕망하면 그로 인해
욕망하는 바를 잃게 되는구나! 어느 것도
사랑을 못 사고, 사랑의 상실로만 사랑을 살 뿐이구나!

테시우스 운명이 이보다 교묘한 장난을 친 적이 없다.
패자가 승리하고, 승자는 패했구나.
하지만 그 과정에서 신들은 전혀 편파적이지 않았지.
팔라몬, 자네 사촌이 이 여인에 대한
권리가 그대에게 있음을 고백했다.
당신이 먼저 보고, 바로 그 자리에서
마음에 품었다고 말했지. 잃어버린 보석처럼
자네에게 그녀를 되돌려주며, 그를 용서하고
보내주길 원했다. 신들이 내 손에서
정의를 빼앗아, 스스로 집행관이 된 거다.
여인을 데리고 가서, 단두대에서 기다리는
친구들을 불러오라. 그들도 내 친구로
삼을 터이다. 하루 이틀 애도하며
고귀하게 아시테의 장례를 치르자.
그 후에는 신랑에 걸맞은 낯으로

팔라몬과 함께 웃읍시다. 한 시간 전만 해도
아시테로 인하여 기뻐한 만큼
팔라몬에 대해 슬퍼하였다. 이제 나는 그를 위해
슬퍼하고 팔라몬을 위해 기뻐한다.
오, 하늘의 신묘한 분들이여, 어찌하려는 건가요?
저희는 부족하면 웃고, 갖게 되면 슬퍼하지요.
그런 점에서 우리는 아직도 애에 불과하지요.
지금 가진 것에 대해 감사를 드리자. 풀 수 없는
문제는 신들에게 남겨두고. 이제 여기를 떠나,
시의 적절하게 처신을 하자.

(나팔 소리. 모두 퇴장)

에필로그

에필로그 등장.

에필로그 연극을 어찌 보셨는지 여러분에게 묻고 싶군요.
학생들이 그렇듯이, 저도 묻기가 쑥스럽네요.
겁이 나네요. 잠시 자리에 머물러 주세요.
한번 둘러볼까요? 웃는 사람이 하나도 없나요?
연극이 형편없었군요. 그럼, 예쁜 처녀를 사랑했던
사람이 있으면, 얼굴 한번 보여주세요.
한 명도 없다니 이상하군요! 원하신다면,
양심을 거스르고 비웃으며 저희 뜻을 망쳐도 되요.
여러분들을 잡아둬도 소용이 없는 걸 알아요.
최악의 상황으로 치달아도 어쩌겠어요. 자, 어떻습니까?
하지만 오해는 마세요. 전 용감하지도 못하고,
그럴 이유도 없어요. 저희가 들려드린 이야기는
그냥 이야기일 뿐이니, 어떻든 마음에 드신다면,
원래 솔직한 목적으로 들려드린 것이니,
목적은 달성한 거죠. 머지않아 여러분은
더 좋은 많은 이야기들을 듣게 되고
저희들을 오래 사랑해 주시겠죠. 모두
힘껏 여러분께 봉사하겠어요. 여러분, 안녕!

(나팔 소리. 모두 퇴장)

작품설명

셰익스피어의 말년의 작품 『두 사촌 귀족』은 하나의 개별 작품으로도 흥미롭지만, 다양한 문학적 배경과 역사로 인해 더욱 많은 관심을 받는 작품이다. 이 작품은 중세 영국의 이야기인 제프리 초서(Geofrey Chaucer)의 『켄터베리 이야기』(*Canterbury Tales*) 중의 「기사 이야기」(The Knight's Tale)라는 로맨스 장르를 자코비언(Jacobean) 시대의 극으로 재탄생시킨 작품이다. 더불어 이 이야기 구조는 가장 오래되고 비극적인 그리스의 전설을 다룬 서사시에서 유래한다. 뿌리 깊은 문학적 기원은 많은 독자들에게 관심거리인 동시에 작품에 대한 충분한 이해를 위한 선결조건처럼 보일 수 있다.

이 작품은 셰익스피어가 동시대의 작가 존 플레처(John Fletcher)와 공동집필한 작품으로도 유명하다. 두 작가의 문체나 어휘, 시문의 구성방식이 서로 상이한 가운데, 셰익스피어와 플레처가 공동 작업으로 한 작품의 통일성과 조화를 이루어냈다는 것이 흥미로운 일이다. 작품의 집필에 대한 유일한 외적 단서인 표지 글귀를 보면, 이 작품은 "시대의 위대한 작가 존 플레처와 윌리엄 셰익스피어가 쓰고, 블랙프라이 극장에서 왕의 하인들이 박수갈채를 받으며 공연(Presented at the Blackfiers by the Kings Majesties servants, with great applause; Written by the memorable Worthies of their time; Mr. John Fletcher and Mr. William Shakespeare)"되었다고 전해진다. 따라서 『두 사촌 귀족』은 셰익스피어가 단독으로 집필한 『겨울 이야기』, 『페리클리스』, 『심벌린』, 혹은 『태풍』과 다른 성격을 띠는 로맨스이다. 그의 전형적인 뱃길 여행과 난파로 인한 헤어짐과 기적적인 재상봉은 미비하고 오히려 짝사랑하다가 미쳐버린 간수의 딸이 표출하는 성적 욕망과 무질서한 언어, 그리고 프로이드의 심리요법을 상기시킬 정도로 그녀를 치료하기 위해 애쓰는 의사 등은 심리학적 글 읽기를 요구하는 듯하다.

위의 요소는 공동 창작의 의미를 확장하며 재정의 한다. 그리스시대의 이야기에서 중세 로맨스로 그리고 르네상스 시대의 극작품에까지 『두 사촌 귀족』은 서구 문화에 뿌리 내린 공동 의식의 흐름 속에 존재한다. 더군다나 로맨스라는 장르는 유럽이 기독교화 되기 이전에 구전되던 이교도 설화를 바탕으로 재구성된 이야기들이며, 초서와 같은 작가들이 중세 유럽 사회의 기독교적 종교관을 포함시키면서 알레고리의 요소를 띄게 된 독특한 문학 유형이다. 이것을 셰익스피어와 플레처가 17세기 초 영국 희곡의 인기 있는 장르인 로맨스 비희극으로 재창조한 것이다. 이런 면에서 이 작품은 여러 시대를 아우르는 변형과 재창조라는 기틀을 바탕으로 한 공동 창작의 산물이다.

두 번째 요소는 협의의 의미로 구체적인 두 작가의 공동 작업을 통한 문학 작품의 생산이다. 1614년 화재 후 새로 건축한 '글로브(Globe)' 극장의 개관 기념 공연으로 당시 최고의 명성을 누리던 셰익스피어의 작품을 올리기 위해 극장주는 고향에서 말년의 휴식을 취하던 그에게 플레처라는 유망한 신진 작가를 붙여주면서 작품을 써주길 청했을 것이다. 두 작가는 초서의 이야기 틀을 따르면서도 '모리스 댄스'를 준비하는 사실적인 평민 사회의 모습과 간수의 딸의 짝사랑과 광기 등 자신들만의 고유한 상상력을 가미시켜 새로운 극을 재창조해낸다. 따라서 이 두 가지 측면의 공동 창작, 문학적 배경, 그리고 셰익스피어와 플레처가 새로 추가한 부분들을 모두 고려하는 것이 이 작품을 바로 이해하는 출발점이 될 수 있다.

처음 시작에서 『두 사촌 귀족』은 초서의 「기사 이야기」를 따르고 있다. 극은 아테네의 공작 테시우스와 아마존의 여왕 히폴리타의 결혼으로 시작하고, 식을 올리기 위해 신전으로 가는 그들에게 테베의 왕에게 저항하다 죽은 왕들의 부인들이 찾아와 테시우스에게 간청을 한다. 테베의 여왕들은 죽은 왕들의 시신을 수습할 수 있게 테시우스에게 테베의 크레온을 쳐서 정복해달라고 호소하고, 처량한 세 여왕의 이야기를 들은 히폴리타와 에밀리아도 함께 간청을 드린다. 「기사 이야기」에서 테시우스는 바로 청을 수락하는 반면 『두 사촌 귀족』의 테시우스는 결혼 초야를 희생할 정도로 정의의 뜻을 따를 것인지를 한참 고민하고 결정을 한다. 두 작품은 결혼, 전쟁, 그리고 죽음에 대한 기본적인 틀거리로 시작하지만 『두 사촌 귀족』은 극의 초반부터 여성들의 무의식적인 유대감을 강조하면서 극의 심리적인 측면을 확고한 배경으로 자리매김한다.

이어 테베의 두 젊은 귀족, 그리고 이 작품의 두 주인공인 아시테와 팔라몬의 대화가 시작된다. 이들은 테베의 부패한 정치를 비판하지만 결국 전쟁에 나가 포악한 군주를 위해 싸워야 하는 선택을 할 수 밖에 없다. 전쟁은 테시우스의 승리로 끝나고, 아시테와 팔라몬은 포로로 아테네로 끌려와 감옥에 갇히게 된다. 이렇게 1막은 끝난다.

전체적인 이야기의 도입으로써 『두 사촌 귀족』의 1막은 초서의 「기사 이야기」를 충실히 따르고 있다. 하지만 로맨스와 희곡의 차이, 즉 서술형 이야기와 극화된 무대 위의 대화가 지닌 차이로 인해, 셰익스피어는 테베에서 테시우스가 전쟁을 하는 동안 이야기를 전달하기보다는 무대를 히폴리타와 그녀의 동생 에밀리아의 이야기로 채운다. 그들의 이야기는 초서의 작품에서 도입되었던 '남성간의 우정'의 문제를 논의하면서도 그 주제를 보다 폭넓은 범위로 확장시킨다. 히폴리타는 테시우스와 피리서스의 친밀한 우정을 존중해야 하며, 그로 인해 자신의 위치가 피리서스에 미치지 못할 수 있다는 우려를 표현한다. 이에 에밀리아는 아내로서 히폴리타의 중요성을 언급하며 자신의 어린 시절 여자 친구와의 우정이 11살에 친구의 죽음으로 끝난 것을 안타까워한다. 에밀리아는 옛 여자 친구에게 느끼듯이 남자에게 정을 느끼지도 못하고 줄 수 없을 거라고 하면서, 여성도 남성과 마찬가지로 진정한 우정을 형성할 수 있음을 암시한다. 에밀리아의 우정, 즉 여성 간의 우정은 르네상스 시대 여성관에 비추어볼 때, 도전적이면서도 상당히 진보적인 사고이다. 셰익스피어는 이렇게 남성과 여성의 우정을 병치 및 공존시킴으로써 우정의 의미, 우정과 사랑의 방정식을 더욱 복잡하고 다층적의 단계로 확장시킨다.

1막이 전체적으로 초서의 「기사 이야기」의 틀을 따르고 있다면 2막은 셰익스피어와 플레처만의 상상력의 산물이 들어 있다는 점이 중요하다. 2막은 로맨틱 코미디의 세계이며, 『한 여름 밤의 꿈』처럼 사회의 하층계층인 간수, 그의 딸, 선생과 기술공들과 같은 사실적인 평민 세계로 시작한다. 간수는 그의 딸과 결혼하고 싶어 하는 구혼자와 이야기를 하며 등장하고, 곧이어 무대에 나온 간수의 딸은 감옥에 갇혀 있는 팔라몬과 아시테를 우러르며, 그 둘 중에 팔라몬을 흠모하고 있음을 드러낸다. 이상화된 팔라몬과 아시테의 세계가 간수와 구혼자가 사는 평범한 세계와 대비를 이루며 극의 주제가 서로 교차되고 거울처럼 비쳐주는 이중 구조를 형성한다. 테시우스를 중심으로 이루어지는 지배계층의 이상화된 세계와 간수의 딸을 중심으로 이루어지는 피지배계층의 현실 세계를 오가며 연결하는 인물들은 바로 팔라몬과 아시테이다.

이 두 귀족은 감옥에 갇혀 사는 삶에 대한 새로운 해석을 제공한다. 팔라몬이 감옥에 갇혀 젊은 인생을 아무것도 하지 못하고 죽을 때까지 무의미하게 살아야하는 것을 한탄하자, 아시테는 둘이 함께 하니, 상상으로 서로가 한없는 금광이 되어 우정을 더 깊고 돈독하게 하자고 제안한다.

여기 이렇게
함께 있으니, 우린 서로에게 무한한 금광이지.
서로의 아내가 되어, 사랑의 새로운 탄생을
끊임없이 낳겠지. 그럼 우린 아버지며
친구고 친척으로 서로에게 가족이 되겠지.

난 너의 상속자가 되고, 넌 나의 상속자가 되고,
이곳은 우리의 유산이 될 거야.

남자들의 과도한 우정에 대한 이상화는 에밀리아의 어린 시절 우정처럼 붕괴될 수 있는 위험을 내포하고 있으며, 이런 우려는 에밀리아의 등장으로 바로 극화된다. 감옥의 창문 밖으로 에밀리아를 본 팔라몬이 한눈에 사랑에 빠지고 아시테도 그녀를 보자 여성으로 그녀를 욕망한다. 두 청년은 서로 그녀에 대한 사랑을 맹세하며 서로를 배신의 화신으로 비난하며 그동안의 우정을 완전히 저버리고 격렬한 사랑의 싸움을 벌인다. 누구보다 "사랑이 컸던 두 사람"처럼 보였던 그들의 우정은 완전히 금이 간다.

이때 아시테는 아테네 귀족 피리서스의 청으로 감옥에서 풀려나지만 테베로 추방되어 다시는 아테네에 못 오게 되는 운명에 처한다. 반면 팔라몬은 에밀리아를 볼 수 없는 창도 없는 감방으로 이송된다. 아시테는 팔라몬이 감옥에서 에밀리아를 계속 볼 수 있을 거라 부러워하고, 팔라몬은 아시테가 무슨 수를 써서라도 아시테의 곁으로 갈 수 있음을 질투한다. 팔라몬의 예측대로 아시테는 변장을 하고 기사들의 마창시합에 참가하여 최고의 승자가 되고, 결국 테시우스의 명으로 에밀리아를 모시는 기사가 된다. 한편 감옥에 갇힌 팔라몬은 그를 짝사랑하는 간수의 딸에 의해 풀려나 자유로운 몸이 되어 숲으로 도망간다.

이 지점에서 관객은 두 개의 결혼식—아시테와 에밀리아, 팔라몬과 간수의 딸의 결혼식을 예상할 수도 있지만 극은 보다 긴장된 관계로 흘러간다. 극은 숲으로 무대를 옮긴다. 테시우스와 그의 무리가 사냥을 나서고 커다란 나팔 소리와 시끄러운 사냥소리와 더불어 극은 야생의 세계로 들어간다. 아시테는 사냥 무리에서 떨어져 숲을 거닐며, 에밀리아의 아름다움을 칭송하는 시를 읊조린다.

이 숲은 바로 팔라몬이 감옥에서 도망쳐 나와 숨어있는 숲이다. 숲(wood)은 '숲'과 '미친'의 이중 의미를 지닌 어휘라는 점에서 극의 전개와 관련하여 최적의 배경이라 할 수 있다. 우선 이 숲에 팔라몬은 "막 덤불에서" 나온 상태로 등장하여, 야생의 인간을 암시하고 로빈 후드를 연상시킨다. 이성의 지배를 벗어나 감성이 풍만한 세계로서 숲이란 배경은 『한여름 밤의 꿈』이나 『뜻대로 하세요』의 숲과 같은 전통을 이어간다.

아시테의 사랑이야기를 덤불 속에서 듣고 있던 팔라몬은 뛰어나와 아시테를 비난하며 죽음을 걸고 싸울 것을 맹세한다. 아시테는 팔라몬이 아직도 족쇄를 차고 있는 것을 보고 자신이 궁에 가서 음식과, 족쇄를 풀 줄 칼과 갑옷을 가지고 온 뒤에, 팔라몬이 기운을 차리면 바로 결투를 하기로 약조한다. 팔라몬이 이렇게 간수의 딸과 같이 왔던 자리에서 벗어나 다른 곳으로 간 뒤, 간수의 딸은 음식을 들고 돌아와 팔라몬을 찾을 수 없는 커다란 슬픔에 완전히 정신을 잃고 만다. 그녀는 사랑으로 미쳐가고, 햄릿에 대한 사랑으로 미친 오필리아보다 더 처절하게 버림받은 사랑의 고통을 독백으로 무대 위에서 펼친다. 그녀의 사랑은 더 이상 희극적이지 않으며, 오필리아의 광기와 사랑처럼 비극적인 분위기를 띤다.

이 막은 팔라몬과 아시테의 결투로 끝난다. 궁에서 음식과 갑옷을 가져온 아시테는 팔라몬의 족쇄를 풀어주고, 서로 결투를 하기 위해 갑옷을 입혀준다. 이렇게 갑옷을 입는 과정은 마치 숭고한 의식을 치르기 위한 준비처럼 엄숙하고 비장하기 그지없다. 하지만 이들의 결투는 1막 1장의 테시우스와 히폴리타의 결혼처럼 방해를 받는다. 결투가 시작할 때, 들놀이를 나와 시골 사람들이 선사하는 '모리스 댄스'라는 춤놀이 공연을 즐기고 돌아가던 테시우스와 그의 무리가 그들과 맞닥뜨린다. 둘의 결투 배경을 알게 된 공작은 격노하여 그 둘에게 사형선고를 내린다. 테시우스의 격노한 명에 놀란 피리서스와 히폴리타, 그리고 에밀리아는 그에게 명을 거두어달라고 청한다. 테시우스는 다시 여인들의 청에 직면하고 자신의 결정을 바꿔야하는 처지이다. 결국 1막 1장처럼 수많은 간청과 길고 긴 숙고 끝에 그는 팔라몬과 아시테의 결투를 조건으로 제시한다. 그들은 테베로 돌아가 각기 죽을 각오로 싸울 용사 3명씩 데리고 와 시합을 겨뤄야 한다. 이 결투는 도 아니면 모인 사건이다. 결투에서 승자는 모든 것을 얻어 에밀리아와 결혼하고 패자는 벌로서 죽음을 맞도록 되어 있다.

사건이 절정으로 다다르기 위한 긴 전개의 과정이었던 3막이 끝난다. 이야기의 전개에 중요한 역할을 했던 3막은 하부 플롯의 인물들이 공작을 위해 모리스춤 공연을 준비하는 것과 간수의 딸이 광기에 찬 독백을 극화하는 혼자만의 무대를 제외하고 대부분 초서의 「기사 이야기」의 틀을 충실히 따르고 있다. 반면 4막은 팔라몬과 아시테 둘 다 등장하지 않고 간수의 딸과 에밀리아에게 초점이 맞춰진다.

2막과 마찬가지로 4막은 간수와 그의 친구들이 등장하고, 곧 이어 완전히 미쳐버린 간수의 딸을 찾게 된 배경과 그녀의 광기에 찬 노래와 허언으로 시작한다. 대부분의 액션은 간수의 딸의 광기와 관련하여 무대 밖에서 비극적인 결말을 맺으려던 그녀의 시도가 어떻게 방해를 받았는지에 대한 언급과 그녀의 구혼자와 가족 및 친구들이 연극 활동을 통해 그녀를 치유하려는 이야기로 이루어진다. 이어서 에밀리아가 팔라몬과 아시테의 사진을 보며 누구를 고를까 고민하는 긴 독백 장면이 따른다. 에밀리아의 독백은 여성의 내면 감정을 극화시킨 가장 인상적인 장면의 하나이다. 남성들이 지배하는 세계에서 자신의 어린 시절 우정을 잃은 그녀가 다시금 현실 세계에서 자신의 뜻과 무관하게 움직이는 힘에 대항할 수 없는 무력함을 한탄하는 장면은 여성도 남성들과 마찬가지로 깊은 감정을 지닌 인간임을 보여준다. 에밀리아의 독백이 자유 의지를 억압받은 여인의 운명에 대한 한탄으로 깊이와 심오함을 지녔다면, 간수의 딸의 광기어린 독백은 사후 세계의 비전과 죽음의 가능성으로 그 깊이와 정도가 오필리아의 광기보다 더 심오한 측면을 내포한다.

죽음의 가능성이 극작품 전체에 깊게 깔려 있는 가운데 5막은 팔라몬과 아시테의 결투로 시작한다. 극은 스펙터클하게 공작의 등장과 결투의 임박함을 알리는 나팔 소리와 웅장한 음악으로 시작하지만 곧 이어 정적인 모드로 변하여 희비극에 어울리는 신탁과 예언의 장면으로 이어진다. 비극에서 영웅은 전형적으로 나쁜 예언을 받고, 그 예언은 예상하지 못한 경로와 결과를 가져오며 비극적으로 실현되는 반면, 희비극에서는 예언이 조건부나 사악한 의미보다는 선한 의미의 희극적인 결말, 하지만 문제를 내포한 희극적인 결말로 실현된다. 『두 사촌 귀족』에서는 에밀리아가 황당한 상황에 처하고 두 남자는 좋은 예언을 받는다. 팔라몬은 사랑의 여신에게 기도를 드리며, 승리로서 진실한 사랑의 보상을 요구한다. 반면, 아시테는 군신인 마스에게 기도하며, 오늘 시합에서 승자라는 칭호를 얻게 해달라고 기도한다. 둘 다 요구한 바를 얻게 되는데, 하지만 비극적인 결과와 함께 실현된다. 아시테는 결투에서 승리를 하여 승리자의 화환을 쓰지만 기쁨에 차서 말을 타고 행진하는 가운데 미쳐 날뛰는 말에 깔려 죽게 된다. 팔라몬은 시합에서 졌지만, 말에 깔려 죽어가던 아시테의 청으로 에밀리아를 차지하고 자신의 사랑에 대한 보답을 받는다. 이렇게 『두 사촌 귀족』은 희비극으로서 유사 재앙 상태에서 행복을 실현하는 극의 마무리를 지닌다.

이 작품은 의도와 결과가 다른, 즉 뜻이 이루어지지만 끝없이 좌절되고 방해받는 형태를 지닌다. 결혼식으로 시작한 극은 애도하는 왕비들에 의해 방해받고, 간수의 딸의 사랑은 예기치 못한 일로 방해받는다. 팔라몬과 아시테의 결투는 저지되며, 그들의 결투도 뜻한 대로 이루어지지 못한 방해받은 승리로 끝나며, 사형집행과 장례식도 지속적으로 지연되고 방해받는다. 약속은 계속 만들어지지만 실현되기까지 지속적인 운명의 방해를 받는다. 아시테에 대한 장례식을 약속하며 테시우스는 "운명이 이보다 교묘한 장난을 친 적이 없다"고 말하며, "풀 수 없는 문제는 신들에게 남겨두고" 인간은 상황에 따라 시의 적절하게 행동할 것을 제안하며 극은 끝난다.

테시우스는 인간의 유한성을 받아들이길 강조하고 팔라몬과 에밀리아의 결혼을 명하며 두 개의 슬픔을 하나의 기쁨으로 통합할 것을 요구한다. 하지만 무지한 인간이 하늘의 뜻을 어떻게 알 것인가? 어떻게 슬픔이 기쁨과 하나가 될 수 있을까? 정말 운명은 항상 교묘한 장난을 치는 것일까? 에밀리아는 팔라몬을 받아들이고 행복할까? 히폴리타의 결혼도 에밀리아의 결혼처럼 여성의 뜻이 배제된 형태가 아니었을까? 끝으로 하지만 너무도 중요하게 간수의 딸은 팔라몬으로 가장한 구혼자와 결혼을 하지만 과연 그녀는 구혼자가 팔라몬이 아니라는 것을 아는 것일까? 알고서 결혼한 것일까? 결혼한 뒤에 알게 되면 어떻게 될까? 『두 사촌 귀족』은 결말에서 오히려 더 많은 문제를 제기한다.

『두 사촌 귀족』은 이야기의 틀거리에서 초서의 「기사 이야기」를 따르지만, 극이 제기하는 문제는 원전과 다른 측면을 띤다. 초서의 이야기가 영웅 로맨스로서 고대의 운명에 대한 철학과 남성간의 우정, 기사도의 정신, 이상화된 사랑을 다룬 서사라면, 셰익스피어의 『두 사촌 귀족』은 상업자본주의가 번성한 자코비언 시대의 영국 사회에서 여성과 관련한 우정, 사랑, 광기, 그리고 여성성의 문제를 명민한 통찰력으로 그려낸 심리극에 가깝다. 간수의 딸의 광기를 그리는 데 있어 이성의 범주를 벗어난 여성의 몸과 상상력, 본성과 비논리적 말하기, 광기와 허언의 세계는 들뢰즈의 논센스를 상기시킬 정도로 생명력과 힘을 지니고 있다. 에밀리아의 독백과 감정의 갈등도 단순한 고전극의 여성의 감정을 능가하며 깊이 있는 여성의 정신세계 및 심리의 저변을 다루며 관객의 공감을 자아낸다.

남성 인물들의 갈등이 외적 갈등이라면 여성 인물들의 갈등은 내적 갈등이다. 이 내적 갈등이 남성의 표피적인 감정보다 몇 곱절 차원이 높고 광범위하다. 그로 인해 관객은 팔라몬과 아시테의 결말에도 관심을 지니지만 여성의 독백에 더 몰입하여 극을 즐기게 된다. 이런 측면에서 극의 종결에서 관객이 지니는 질문들은 너무도 당연한 질문이며 마땅히 해야 하는 질문처럼 보인다. 과연 이 문제를 이해할 수 없는 것으로 초월적인 신에게 맡겨둘 것인가? 아니면 우리 모두 내면으로 끌어들여 진지한 고민을 할 것인가는 바로 관객의 몫이다.

셰익스피어 생애 및 작품 연보

셰익스피어의 생애와 작품의 집필연대 중 일부는 비교적 정확히 기록되어 있는 자료에 의존할 수 있지만, 대부분은 막연한 자료와 기록의 부족으로 그 시기를 추정할 수밖에 없으며, 특히 작품 연보의 경우 학자들에 따라 순서나 시기에 차이가 있음을 밝힌다.

1564	잉글랜드 중부 소읍 스트랫포드 어폰 에이번Stratford-upon-Avon 출생(4월 23일). 가죽 가공과 장갑 제조업 등 상공업에 종사하면서 마을 유지가 되어 1568년에는 읍장에 해당하는 직high bailiff을 지낸 경력이 있는 존 셰익스피어와, 인근 마을의 부농 출신으로 어느 정도 재산을 상속받은 메리 아든Mary Arden 사이에서 셋째로 출생. 유복한 가정의 아들로 유년시절을 보냄.
1571	마을의 문법학교Grammar School에 입학했을 것으로 추정.
1578	문법학교를 졸업했을 것으로 추정. 졸업 무렵 부친 존은 세금도 내지 못하고 집을 담보로 40파운드 빚을 냄.
1579	부친 존이 아내가 상속받은 소유지와 집을 팔 정도로 가세가 갑자기 어려워짐.
1582	18세에 부농 집안의 딸로 8년 연상인 26세의 앤 해서웨이Anne Hathaway와 결혼(11월 27일 결혼 허가 기록).
1583	결혼 후 6개월 만에 맏딸 수잔나Susanna 탄생(5월 26일 세례 기록).

1585 아들 햄넷Hamnet과 딸 쥬디스Judith(이란성 쌍둥이) 탄생(2월 2일 세례 기록).

1585~1592 '행방불명 기간'lost years으로 알려진 8년간의 행방에 관한 자료가 거의 없음. 학교 선생, 변호사, 군인, 혹은 선원이 되었을 것으로 다양하게 추측. 대체로 쌍둥이 출생 이후 어떤 시점(1587년)에 식구들을 두고 런던으로 상경하여 극단에 참여, 지방과 런던에서 배우이자 극작가로서 경험을 쌓았을 것으로 추측.

1590~1594 1기(습작기): 주로 사극과 희극 집필.

1590~1591 초기 희극 『베로나의 두 신사』(*The Two Gentlemen of Verona*) 『말괄량이 길들이기』(*The Taming of the Shrew*)

1591 『헨리 6세 2부』(*Henry VI*, Part II)(공저 가능성)
『헨리 6세 3부』(*Henry VI*, Part III)(공저 가능성)

1592 『헨리 6세 1부』(*Henry VI*, Part I)(토머스 내쉬Thomas Nashe와 공저 추정)
『타이터스 안드로니커스』(*Titus Andronicus*)(조지 필George Peele과 공동 집필/개작 추정)

1592~1593 『리처드 3세』(*Richard III*)

1592~1594 봄까지 흑사병 때문에 런던의 극장들이 폐쇄됨.

1593 「비너스와 아도니스」(*Venus and Adonis*)(시집)

1594 「루크리스의 강간」(*The Rape of Lucrece*)(시집)
두 시집 모두 자신이 직접 인쇄 작업을 담당했던 것으로 추정되며, 사우샘프턴 백작The third Earl of Southampton에게 헌사하는 형식.
챔벌린 극단Lord Chamberlain's Men의 배우 및 극작가, 주주로 활동.

1593~1603 및 이후 『소네트』(*Sonnets*)

1594 『실수 연발』(*The Comedy of Errors*)

1594~1595 『사랑의 헛수고』(*Love's Labour's Lost*)

1595~1600 2기(성장기): 낭만희극, 희극, 사극, 로마극 등 다양한 장르 집필.

1595~1596 『로미오와 줄리엣』(*Romeo and Juliet*)
『리처드 2세』(*Richard II*)
『한여름 밤의 꿈』(*A Midsummer Night's Dream*)
『존 왕』(*King John*)

1596 아들 햄넷 사망(11세, 8월 11일 매장).
부친의 가족 문장 사용 신청을 주도하여 허락됨(10월 20일).

1596~1597 『베니스의 상인』(*The Merchant of Venice*)
『헨리 4세 1부』(*Henry IV, Part I*)
스트랫포드에 뉴 플레이스 저택Great House of New Place 구입(마을에서 두 번째로 큰 저택으로 런던 생활 후 은퇴해서 죽을 때까지 그곳에 기거).

1598 벤 존슨Ben Jonson의 희곡 무대에 출연.

1598~1599 『헨리 4세 2부』(*Henry IV*, Part II)
『헛소동』(*Much Ado About Nothing*)

	『헨리 5세』(*Henry V*)
1599	시어터 극장The Theatre에서 공연하던 셰익스피어의 극단이 땅 주인의 임대계약 연장을 거부하자 '극장'을 분해하여 템즈강 남쪽 뱅크사이드 구역으로 옮겨 글로브 극장The Globe을 짓고 이곳에서 공연. 지분을 투자하여 극장 공동 경영자가 됨.
1599~1600	『줄리어스 시저』(*Julius Caesar*)
	『좋으실 대로』(*As You Like It*)

1601~1608	3기(원숙기): 주로 4대 비극작품이 집필, 공연된 인생의 절정기
1600~1601	『햄릿』(*Hamlet*)
	『윈저의 즐거운 아낙네들』(*The Merry Wives of Windsor*)
	『십이야』(*Twelfth Night*)
1601	「불사조와 거북」(*The Phoenix and the Turtle*)(시집)
	아버지 존 사망(9월 8일 장례).
1601~1602	『트로일러스와 크레시다』(*Troilus and Cressida*)
1603	엘리자베스 여왕 사망(3월 24일). 추밀원이 스코틀랜드의 제임스 6세를 잉글랜드의 제임스 1세로 선포.
	제임스 1세 런던 도착(5월 7일) 후 셰익스피어 극단 명칭이 챔벌린 경의 극단에서 국왕의 후원을 받는 국왕 극단King's Men으로 격상되는 영예(5월 19일).
	제임스 1세 즉위(7월 25일).
1603~1604	『자에는 자로』(*Measure for Measure*)
	『오셀로』(*Othello*)
1605	『끝이 좋으면 모두 좋다』(*All's Well That Ends Well*)

	『아테네의 타이몬』(*Timon of Athens*)(토머스 미들턴Thomas Middleton과 공동작업)
1605~1606	『리어 왕』(*King Lear*)
1606	『맥베스』(*Macbeth*)
	『안토니와 클레오파트라』(*Antony and Cleopatra*)
1607	딸 수잔나, 성공적인 내과의사인 존 홀John Hall과 결혼(6월 5일).
1607~1608	『페리클레스』(*Pericles*)(조지 윌킨스George Wilkins와 공동작업)
	『코리올레이너스』(*Coriolanus*)
1608~1613	제4기: 일련의 희비극 집필.
1608	셰익스피어 극장이 실내 극장인 블랙프라이어스Blackfriars 극장을 동료배우들과 함께 합자하여 임대함(8월 9일).
	어머니 메리 사망(9월 9일 장례).
1609	셰익스피어 극장이 블랙프라이어스 극장 흡수, 글로브 극장과 함께 두 개의 극장 소유.
1609~1610	『심벌린』(*Cymbeline*)
1610~1611	『겨울 이야기』(*The Winter's Tale*)
	『태풍』(*The Tempest*)
1611	고향 스트랫포드로 돌아가 은퇴 추정.
1613	『헨리 8세』(*Henry VIII*)(존 플레처John Fletcher와 공동작업설)
	『헨리 8세』 공연 도중 글로브 극장 화재로 전소됨(6월 29일).
1613~1614	『두 귀족 친척』(*The Two Noble Kinsmen*)(존 플레처와 공동작업)
1614~1616	말년: 주로 고향 스트랫포드의 뉴 플레이스 저택에서 행복하

고 평온한 삶 영위.

1616 둘째 딸 쥬디스, 포도주 상인 토마스 퀴니Thomas Quiney와 결혼(2월 10일).

쥬디스의 상속분을 퀴니가 장악하지 않도록 유언장 수정(3월 25일).

스트랫포드에서 사망(4월 23일. 성 삼위일체 교회 내에 안장).

1623 『페리클레스』를 제외한 36편의 극작품들이 글로브 극장 시절 동료 배우 존 헤밍John Heminge과 헨리 콘델Henry Condell이 편집한 전집 초판인 제1이절판으로 출판됨.

아내 앤 해서웨이 사망(8월 6일).

옮긴이 **남장현**
가천대학교 영어영문학과 졸업
고려대학교 영어영문학과 석사
The University of Sussex 르네상스 영문학 석사
고려대학교 영어영문학과 박사
한국고전르네상스영문학회 편집이사, 한국셰익스피어학회 국제학술이사
논문「셰익스피어 초기 희극에 나타난 하인의 정치적 의미」, 「『베니스의 상인』: 란슬롯의 극적의미」, 「Disorientation and Multiple Identities in John Marston's *The Malcontent*」, 「21세기 셰익스피어의 만화화 작업」, "Two Manga Versions of Shakespeare's *Macbeth*", "The Whore of Babylon: Language and Identity in John Marston's *The Dutch Courtesan*" 외
역서『거울나라 엘리스』, 『지킬박사와 하이드 씨』
저서『영국고전르네상스드라마 마스터플롯』(공저)

두 사촌 귀족

초판 발행일 2015년 10월 15일

옮긴이 남장현
발행인 이성모
발행처 도서출판 동인
주 소 서울시 종로구 혜화로3길 5 118호
등 록 제1-1599호
TEL (02) 765-7145 / FAX (02) 765-7165
E-mail dongin60@chol.com
ISBN 978-89-5506-678-4
정 가 10,000원

※ 잘못 만들어진 책은 바꿔 드립니다.